拾珍译丛

不祥的蛋

〔俄〕米·布尔加科夫 著
曹国维 译

Роковые яйца

М. Булгаков

漓江出版社

图书在版编目(CIP)数据

不祥的蛋 /（俄罗斯）米・布尔加科夫著；曹国维译.—桂林：漓江出版社，2018.12（2022.7 重印）
（拾珍译丛）
ISBN 978-7-5407-8547-5

Ⅰ.①不… Ⅱ.①米… ②曹… Ⅲ.①中篇小说-俄罗斯-现代 Ⅳ.①I512.45

中国版本图书馆CIP数据核字（2018）第251353号

不祥的蛋
BUXIANG DE DAN

［俄］米・布尔加科夫 著
曹国维 译

出 版 人：刘迪才
出 品 人：符红霞
策划编辑：陆 源
责任编辑：陆 源
助理编辑：林培秋 孙静静
装帧设计：周伟伟
责任监印：周 萍 黄菲菲

出版发行：漓江出版社有限公司
社 址：广西桂林市南环路22号
邮 编：541002
发行电话：0773-2583322 010-85893190
传 真：0773-2582200 010-85890870-814
邮购热线：0773-2583322
电子信箱：ljcbs@163.com
网 址：http://www.lijiangbook.com

印 制：香河县闻泰印刷包装有限公司
开 本：880 × 1230 1/32
印 张：3.5 字 数：70千字
版 次：2018年12月第1版 印 次：2022年7月第2次印刷
书 号：ISBN 978-7-5407-8547-5 定 价：28.00元

目录

I 佩尔西科夫教授近况

一九二八年四月十六日晚上，第四国立大学动物学教授、莫斯科动物研究所所长佩尔西科夫走进赫尔岑街动物研究所，到了自己的实验室。教授打开磨砂玻璃的球形吸顶灯，朝周围看了一眼。

应当认为，一场骇人听闻的灾难正是始于这个不幸的晚上，就像这场灾难的起因正是教授弗拉基米尔·伊帕季耶维奇·佩尔西科夫。

他刚满五十八岁。脑子极好，富有创见。秃顶，两侧竖着几撮浅黄短发，脸刮得很干净，下嘴唇朝前噘着。因此，佩尔西科夫的脸永远带着某种任性的印记。红鼻子上架着一副老式银边窄框眼镜，一对小眼睛炯炯有神，高个、拱背、蛙鸣般的嗓音又尖又细。在其他许多古怪特征中还有这么一个癖好：每当他有分量、有把握地说起什么，总把右手食指弯成钩子状，眯起小眼睛。他说话总是极有把握，因为在他从事的领域，他的博学无与伦比，于是钩子状的食指，也就频频出现在佩尔西科夫教授的交谈者面前。越出自己的领域，也就是动物学、胚胎学、解剖学、植物学和地理学，佩尔西科夫教授几乎什么都不说。

佩尔西科夫教授不读报，不看戏。教授的妻子在一九一三年跟济明歌剧院的一个男高音私奔了，临走前给他留下这样一张字条：

“你的青蛙引起我无法忍受的战栗和厌恶。它们将使我终生不幸。”

教授没有再婚，也没有子女。他极易发怒，也极易消气，爱喝云莓茶。他住在普列奇斯坚卡五间一套的寓所里，其中一间住着一位干瘪老太，女管家玛丽娅·斯捷潘诺夫娜，她像保姆似的服侍教授。

一九一九年，教授的五个房间被收掉三个。于是他向玛丽娅·斯捷潘诺夫娜宣布：

“要是他们不停止这类胡闹，玛丽娅·斯捷潘诺夫娜，我就出国。”

毫无疑问，假如教授实施这一计划，他能轻易地在世界上任何一所大学的动物教研室里找到工作，因为他绝对是位一流学者，而在涉及水陆两栖动物或者无鳞两栖动物的领域里，除了剑桥的威廉·韦克利和罗马的贾科莫·巴尔托洛梅奥·贝卡里，无人能与他匹敌。教授能用四种语言阅读，俄语还不计在内，他的法语和德语说得和俄语一样流畅。佩尔西科夫没把出国的意图变成行动，实际上一九二〇年比一九一九年更糟。意外事件不断，一件接一件。先是尼基塔大街改名为赫尔岑街，随后赫尔岑街青苔街口装在公寓墙上的大钟停在十一点一刻不走了；最后，动物研究所饲养箱里的八只上品雨蛙、十五只普通蟾蜍和一只极其珍贵的苏里南蟾蜍，经不住这一荒年的种种折磨，陆续死了。

蟾蜍一死，按理称作无尾两栖动物纲的无鳞两栖动物第一目便空无一物。接着，常住研究所的看门老头儿弗拉斯——尽管他不属于无鳞两栖动物目——也去了极乐世界。顺便说说，他的死因和可怜的两栖动物的死因一样，佩尔西科夫立即断定：

"饲料不足！"

教授说得完全正确，弗拉斯应当有面粉吃，蟾蜍应当有面蛀虫吃，然而没有面粉，也就没有面蛀虫。佩尔西科夫试着让剩下的二十只雨蛙改吃蟑螂，不料连蟑螂也恨战时共产主义，不知去了哪里。这样，剩下的雨蛙只好统统扔进研究所院子的污水池。

接连不断的死亡，尤其是苏里南蟾蜍的死亡，对佩尔西科夫的影响之大，简直无法形容。他把这些死亡的责任，不知为什么，统统归于当时的教育人民委员。

佩尔西科夫戴着帽子，穿着套鞋，站在研究所冰冷的走廊上，对自己的助手伊凡诺夫——一位衣着讲究、留着尖尖的浅色络腮胡子的绅士说：

"出这种事，彼得·斯捷潘诺维奇，打死他都嫌不够！他们在干什么？要知道，这样下去，他们准会毁了研究所！呵？一只再好不过的种蟾，少有的美洲负子蟾，十三厘米长……"

情况越来越糟。弗拉斯死后，研究所的玻璃窗扇扇上冻，玻璃内侧结起彩色薄冰。兔子、狐狸、狼、鱼、蛇，纷纷死绝。佩尔西科夫成天一言不发，后来得了肺炎，但没死。痊愈后，他每周去研究所两次，在无论室外气温多少，里面不知怎的永远保持零下五摄氏度的圆厅里，穿着套鞋，戴着放下帽耳的暖帽，围着围巾，嘴里吐着一团团白气，给八名学员专题讲授“热带爬行动物”。其余时间，佩尔西科夫一概闭门不出，在普列奇斯坚卡寓所，书籍一直堆到天花板的房间里，躺在长沙发上，盖着毯子，不断咳嗽，望着玛丽娅·斯捷潘诺夫娜用泥金椅子烧旺的火炉炉口，苦苦思念苏里南蟾蜍。

世上的一切都会结束。一九二〇年过去了，一九二一年过去了。一九二二年情况有所好转。首先，已故的弗拉斯的职位上来了潘克拉特，一个年轻、大有希望的动物饲养员。研究所烧上微弱的暖气。夏天，佩尔西科夫在潘克拉特协助下，从克利亚济马河里抓了十四只野性十足的蛤蟆。饲养箱里重又生气勃勃……一九二三年，佩尔西科夫已经每周上课八次——研究所三次，大学五次。一九二四年，每周上课十三次，此外还在几所工农速中兼课。一九二五年春天，他成了名人，因为他在试场上考倒了七十六名大学生，试题都是无鳞两栖动物。

“怎么，您不知道无鳞两栖动物和爬行动物的区别？”佩尔西科夫问，“这简直可笑，年轻人。您应当害臊。无鳞两栖动物没肾。没肾。就是这样。”

被考倒的学生没精打采。

“那就请吧，秋天再来。”佩尔西科夫礼貌地说，随即神气十足，朝潘克拉特喊道，“下一个！”

仿佛两栖动物久旱后，遇上第一场大雨就会复苏，佩尔西科夫教授复苏是在一九二六年。那年，俄美联合公司从特维尔街报纸胡同口开始，在莫斯科市中心造了十五幢十五层大楼，又在市郊造了三百幢各有八套房间的工人住宅，一下子结束了一九一九至一九二五年间，那场苦苦折磨莫斯科人的可怕而又可笑的住房危机。

总之，这是佩尔西科夫一生中一个美妙的夏天。有时他会轻声而又满意地嘻嘻笑着，搓着双手，回想他和玛丽娅·斯捷潘诺夫娜挤在两个房间里的狼狈相。现在教授重又住上五个房间，扩大了面积，把两千五百本书以及标本、图表、切片，统统放到该放的地方，书房的写字台上重又亮起绿色台灯。

研究所也焕然一新：墙壁漆上奶油色，两栖动物饲养室里安装了专用水管，玻璃全都换成镜子；陈列室还多了五架新的显微镜，几张制作标本的玻璃桌，两千只反光灯泡，一批反光灯和玻璃柜。

佩尔西科夫复苏，全世界突然得知这一消息，仅仅是因为一九二六年十二月出版了他的一本小册子：《再论带盔动物或有铠动物的繁殖》，一百二十六页，第四大学消息出版社。

一九二七年秋天，他的主要著作《负子蟾、锄足蟾和青蛙的胚胎学》出版，定价三卢布，国家出版社。全书三百五十页，被译成包括日文在内的六种文字。

不料一九二八年夏天，发生了不可思议而又骇人听闻的灾难……

Ⅱ　彩色涡形光

总之，教授打开球形吸顶灯，朝周围看了一眼。随后打开实验长桌上的反光灯，穿上白大褂，拿起工具，开始在桌上叮叮当当地做实验……

一九二八年运行于莫斯科的三万辆机动车中，有许多都曾驶过赫尔岑街沙沙作响的木砖路面。每隔一分钟，就有一辆 16 路、22 路、48 路或者 53 路电车从赫尔岑街往青苔街隆隆驶去。实验室的厚玻璃不时映出各色火花的反光。远远可以看见教堂黑魆魆沉甸甸的圆顶旁，高挂着朦胧而又苍白的月牙。

但不论月牙，还是春天莫斯科街上的隆隆车声，都不能引起佩尔西科夫教授的兴趣。他坐在一张三条腿的转凳上，正用被烟熏黄的手指转动“蔡司”高级显微镜的旋钮。显微镜里放着新鲜变形虫没有上色的普通切片。当佩尔西科夫把放大倍数从 5000 调向 10000 时，门稍稍打开，伸进一部尖尖的络腮胡子和一张皮胸围，助手招呼说：

“弗拉基米尔·伊帕季耶维奇，我显示了肠系膜，不想看看？”

佩尔西科夫倏地从转凳上下来，撇下调了一半的旋钮，手里慢悠悠地转着一支烟，走进助手实验室。那里的玻璃桌上，一只半死的，因为恐惧和疼痛失去知觉的青蛙，四肢被钉在软木支架上，云母般透明的内脏，从血迹斑斑的肚子中拉到了显微镜下。

“好极了。”佩尔西科夫说，把一只眼睛凑到显微镜的目镜上。

显然，在青蛙的肠系膜上可以看到十分有趣的现象：纵横交错的血管里奔流着鲜活的血球。佩尔西科夫忘了自己的变形虫，和伊凡诺夫轮流在显微镜里观察了一个半小时。两位学者不时高兴地交谈几句，但那不是常人能懂的。

终于，佩尔西科夫离开显微镜，说：

“血液凝固，毫无办法。”

青蛙艰难地动了动脑袋，它渐渐暗淡的眼睛分明在说：“你们都是坏蛋，嘿……”

佩尔西科夫站起来，活动活动麻木的腿脚，回到自己实验室，打了个哈欠，用手指揉揉永远肿胀的眼皮，坐到转凳上，往显微镜里看了一眼，他把手指搭到旋钮上，已经准备转动旋钮，却没转动。佩尔西科夫的右眼看到一圈淡淡的白光，里面有几片模糊而又苍白的变形虫切片，光圈中间有一道仿佛女人鬈发似的彩色涡形光。这片涡形光，佩尔西科夫本人也好，他的几百名学生也好，都见过无数次了，谁也没注意它，也没必要注意它。彩光只会妨碍观察，表明切片不在焦点上，因此谁见了都会毫不留情地一转旋钮把它抹掉，使白光均匀地撒在底盘上。动物学家的纤指已经紧紧握住旋钮，却又猛地一抖，松开了。原因是佩尔西科夫的右眼。他突然警觉，内心充满惊讶，甚至不安。不是庸才坐在显微镜前。不，坐在显微镜前的是佩尔西科夫教授！他的全部精力，全部思想统统集中在右眼上。约莫有五分钟，在一片死寂里，最高级的生物观察着最低级的生物，苦苦琢磨不在焦点上的切片。周围静悄悄的。潘克拉特已经在前厅自己的房间里睡了。只有一次，远远传来柜子玻璃悦耳而又温柔的震颤声——伊凡诺夫临走锁了自己的实验室。接着大门在他身后一阵呻吟。随后响起教授的声音。真不知道他在问谁。

“怎么回事？莫名其妙……”

一辆夜行卡车驶过赫尔岑街，震动了研究所古老的墙壁。桌上放镊子的玻璃杯当地一响。教授脸色煞白，赶紧用手遮住显微镜，就像母亲保护遇险的孩子。现在佩尔西科夫绝对不会转动旋钮，噢，不，他甚至害怕什么外力，会把他看到的现象逐出他的视野。

明丽的早晨，一缕金色的阳光把研究所奶油色的门廊分成两半。直到这时教授方才撇下显微镜，迈着麻木的双腿走到窗前。他伸出颤抖的手指按下电钮，黑色的窗帘随之严严实实地遮住晨光。科学钟爱的英明的夜晚重又降临实验室。脸色蜡黄、精神振奋的佩尔西科夫叉开双脚，用泪汪汪的眼睛盯着镶木地板，自言自语：

“怎么会是这样？要知道，这太可怕！……这太可怕，先生们。”他对饲养箱里的蛤蟆一迭连声地重复，但蛤蟆都在睡觉，什么也没回答。

他沉默片刻，重又走近电钮，卷上窗帘，关了所有的灯，又朝显微镜里看了一眼。他的脸顿时变得十分紧张，黄色的浓眉拧紧了。

“嗯，嗯，”他嘟哝说，“没有了。我懂。我想一想，”他拉长声音回答，欣喜地望着头顶上方熄灭的球形灯，“这很简单。”

他重又放下咝咝作响的窗帘，重又打开球形灯，又朝显微镜里看了一眼，高兴而又似乎凶恶地咧嘴笑了。

“我能逮住它，”他竖起一根手指，得意而又傲慢地说，“我能逮住它。也许还能在阳光下逮住它。”

窗帘重又卷上。现在太阳已经露出地平线，瞧，它照亮研究所的墙壁，斜射在赫尔岑街木砖路面上。教授望着窗户，想象着下午太阳将在哪里。他忽而离开窗口，忽而走近窗口，轻快地舞动双脚，最后干脆肚子贴住了窗台。

他立即动手进行一项重要而又神秘的工作。先用玻璃罩罩住显微镜，再在喷灯蓝色的火焰上化开一块火漆，把玻璃罩下沿粘在桌上，又在火漆上按了拇指指纹。随后他关掉喷灯，走出实验室，碰上了英国门锁。

研究所走廊里半明半暗。教授摸到潘克拉特的房门口，徒劳地在门上敲了好久。终于，门后响起仿佛拴链子的狗的呼噜声、吐痰声和牛的哞哞声。潘克拉特穿着条子内裤，裤脚口扎着绳子，出现在晨光中。他的眼睛惊恐地盯住学者，嘴巴轻轻打着哈欠。

“潘克拉特，”教授从镜架上方看着他说，“对不起，我把你叫醒了。是这么回事，朋友，今天上午别去我的实验室。那里有项实验没做完，不能动。懂吗？”

“呜——呜——呜，懂——懂——懂了。”潘克拉特回答，其实什么也没懂。他还是站不稳，直打哈欠。

“不，我说你醒醒，潘克拉特，”动物学家说，用手指轻轻戳着潘克拉特的肋骨。后者猛地一惊，眼里终于露出些许清醒的神色。“我把实验室锁了，”佩尔西科夫接着说，“我来以前不用打扫。懂吗？”

“好。”潘克拉特沙哑地说。

“行，睡觉去。”

潘克拉特一转身，在门后消失，旋即倒下便睡。教授在前厅穿衣服。他穿上灰色的夏季大衣，戴上软礼帽，随后想起显微镜里的景象，眼睛盯住自己的套鞋，看了好几秒，像是第一次看见套鞋。随后穿上左脚的套鞋，又想在左脚套鞋上穿上右脚的套鞋，但怎么也穿不上。

“多诡异的巧合，他把我叫去了，”学者自言自语，“要不，我还不会发现。这意味着什么？……这意味着某种鬼才知道的玩意！……”

教授冷冷一笑，眯起眼睛瞄着两只套鞋，脱下左脚的套鞋，穿上右脚的套鞋。“我的上帝！甚至没法想象全部后果……”左脚的套鞋穿不到右脚的套鞋上，教授火了，鄙夷地把它往边上一塞，穿着一只套鞋朝门口走去。这时他掉了手帕，径直走出前厅，碰上沉重的大门。在台阶上，他久久地在口袋里寻找火柴，拍打身体两侧，找到后，朝街上走去，嘴里衔着没点燃的香烟。

直到教堂，学者都没看见一个人影。他抬头，猛地盯住了教堂的金色圆顶。太阳正从一边甜蜜地舔它。

“怎么以前我没看见这个圆顶？巧合？……去你的，傻瓜。”教授低下头，发现两只脚穿得不一样，沉思起来，“嗯……怎么办？回去找潘克拉特？不，你叫不醒他。讨厌的套鞋。扔掉又可惜。拿着吧。”他脱下套鞋，厌恶地提在手里。

从普列奇斯坚卡开来一辆老旧的轿车，车上三个人。两个喝醉的男子和一个坐在他们腿上、穿着一九二八年风行的真丝宽松裤的浓妆女人。

“喂，老爷子！”她用沙哑的低音喊，“你怎么把另一只套鞋换酒喝了！”

“瞧，老头儿在‘阿里卡扎尔’喝多了。”左面的醉鬼高叫。右面那个把头探出轿车，大声问：

“老爷子，怎么，伏尔洪街的酒店开着？我们去那儿！”

教授从镜架上方严厉地看了看他们，吐掉嘴上的香烟，旋即忘了他们。这时，普列奇坚卡林荫道上已经透出缕缕晨曦，基督教堂的圆顶熠熠生辉。太阳升起。

Ⅲ 佩尔西科夫逮住了

事情是这样的：教授把自己天才的眼睛凑到目镜上时，他生平第一次注意到，在彩色涡形光中，有一道光特别明亮、强烈。这道光呈鲜红色，从涡形光中延伸出来，又细又尖，这么说吧，模样跟缝衣针差不多。

真是天大的不幸，这道光吸引了专家训练有素的眼睛达几秒之久。

在这道光里，教授看到比这道光，比这个在显微镜的物镜和反光镜的移动中，偶然诞生的脆弱婴儿重要一千倍的现象。因为助手叫走了教授，变形虫被这道光照射了一个半小时，结果出现如下情况：这道光外面的光圈里，星星点点的变形虫萎靡地躺着，而在红色利剑所到之处，发生了一系列奇特现象。红光里异常闹腾。灰色变形虫探出伪足，拼命挪向红光，并在红光里（仿佛着魔似的）纷纷复苏。一股莫名的魔力给了它们生气。它们成群结队地爬着，相互搏斗，为在这道光里占据一席之地。在这道光里，它们疯狂——没有别的词可以形容——繁殖。它们摧毁佩尔西科夫了如指掌的所有规律，以闪电的速度在他眼前孳生。它们在这道光里分裂成几部分，两秒后每个部分都变成新的机体。这些机体在几秒内长大成熟，立即繁殖新一代。于是，在红光里，然后在整个光圈里，挤满变形虫，开始无可避免的搏斗。新生虫凶猛地相互袭击，撕碎或者吞食对方。新生虫之间布满为生存进行斗争的阵亡者尸体。强壮的胜利了。这些强壮的委实可怕。第一，它们比普通变形虫几乎大一倍；第二，特别凶恶，敏捷。它们跑动极快，它们的伪足比正常的伪足长出许多。它们摆动伪足——无须夸张——就像章鱼摆动触须。

第二天晚上，消瘦、苍白的教授没有用餐，仅靠粗大的自卷纸烟提神，研究了新一代变形虫。第三天，他转而研究起因，也就是红光。

喷灯嗞嗞燃烧着，街上重又传来车轮滚动的沙沙声，教授抽掉第一百支烟，半闭眼睛，仰身靠在转椅背上。

“对，现在一切都清楚了。是光增强了它们的活力。这是一种新的、没人研究、也没人发现过的光。首先要弄清这种光是否仅仅源于灯光，还是同样可以源于阳光。”佩尔西科夫自言自语。

又花了一夜时间，这个问题清楚了。在三架显微镜中佩尔西科夫逮住了三道光。但在阳光中他什么也没逮住，于是下了这样的结论：

“应当认为，太阳光谱里没有这种光……嗯……总之，应当认为，这种光只能来自灯光。”他温柔地看了一眼天花板上磨砂玻璃的球形灯，兴奋地思忖片刻，立刻把伊凡诺夫请进自己的实验室，说了情况，给他看了变形虫。

编外副教授伊凡诺夫惊呆了，懊丧透顶：这么简单的东西，无非一道纤细的光，以前怎么没发现，见鬼！这谁都能发现，哪怕是他伊凡诺夫。确实，这太可怕！您只要看看就知道……

“您看，弗拉基米尔·伊帕季耶维奇！”伊凡诺夫说，惊恐地把眼睛贴住目镜，“这是怎么啦？！我都可以看着它们长大……瞧，瞧……”

“我已经观察三天了。”佩尔西科夫兴奋地回答。

随后，两位学者进行了一场谈话，大意是编外副教授伊凡诺夫用透镜和镜子制造一台仪器，以便在显微镜外获得这种光的强化样式。伊凡诺夫希望，甚至坚信，这非常简单。他一定成功，弗拉基米尔·伊帕季耶维奇可以绝对放心。这时出现了小小的冷场。

“彼得·斯捷潘诺维奇，以后我发表论文，我会写上仪器是您设计制造的。”佩尔西科夫表态，感到应当结束冷场。

“噢，这不重要……不过，当然……”

冷场马上结束。从这一刻起，光也吸引了伊凡诺夫。佩尔西科夫渐渐消瘦憔悴，天天都把整个白天和半个夜晚泡在显微镜上，伊凡诺夫在灯光灿烂的物理实验室里忙着组合透镜和镜子。帮他干活的是位技工。

佩尔西科夫通过教育人民委员部从德国购来三箱货物：镜子、

双面凸透镜、双面凹透镜和凹凸透镜。终于，伊凡诺夫造出一台仪器，里面果然逮住了红光。应当说句公平话，他干得很好——出来的光很亮，宽达四厘米，尖锐挺拔。

六月一日，仪器在佩尔西科夫实验室里安装就绪。他立即专心地开始做实验，用光照射蛙卵。实验结果令人震惊。两昼夜内，从不多的蛙卵里孵出几千只蝌蚪，这还不算，一昼夜内，蝌蚪又异常迅速地长成青蛙，只只凶恶而又贪食，转眼间，它们中的一半就被另一半吞了。剩下的青蛙未到生殖期便提前产卵，并在两天内，已经无须任何光照，孵出了新一代蝌蚪，数量根本无法计算。学者实验室不知成了什么鬼样子。蝌蚪爬出实验室，占领了整个研究所。饲养箱里，地板上，各个角落里，仿佛沼泽一样不时响起青蛙雄壮的合唱。潘克拉特本来就像怕火似的惧怕佩尔西科夫，现在见了他只有一种感觉——死一样的恐怖。一星期后，学者自己都觉得，头脑发昏。于是研究所充满乙醚和氰化钾的气味。潘克拉特过早摘下了面具，险些熏死。大肆繁殖的沼泽动物终于被毒药歼灭，所有的实验室门窗大开，通风消毒。

佩尔西科夫对伊凡诺夫这样说：

“您瞧，彼得·斯捷潘诺维奇，这光对原生质和卵细胞的作用确实惊人。”

伊凡诺夫，素来冷静、稳重的绅士，一反常态，倏地打断教授：

“弗拉基米尔·伊帕季耶维奇，您怎么尽说原生质之类的小事。我们实话实说，您发现了一种前所未有的东西。”伊凡诺夫显然相当犹豫，但毕竟说了，“佩尔西科夫教授，您发现了生命之光！”

一抹淡淡的红晕出现在佩尔西科夫苍白而又胡子拉碴的脸上。

“嗯——嗯——嗯。”他喃喃说。

“您以后一定声名显赫……”伊凡诺夫接着说，“我头都晕了。您知道，”他深情地说，“弗拉基米尔·伊帕季耶维奇，威尔斯[①]的主人公和您相比，简直不值一提……我原以为，这是童话……您可记得他那本《上帝的食物》？”

“啊，这是小说。”佩尔西科夫回答。

“对，上帝，一部名著！”

“我已经忘了内容，”佩尔西科夫回答，“我记得念过，但忘了。”

“您怎么会不记得，您瞧，”伊凡诺夫抓住一条蛙腿，把一只大得出奇、肚子肿胀的死青蛙从玻璃桌上提起来，青蛙甚至死后，脸上仍有一种凶恶的表情，“这太可怕！”

---

① 赫伯特·乔治·威尔斯（1866—1946），英国科幻小说家。

Ⅳ　司祭太太德罗兹多娃

上帝知道，这究竟是伊凡诺夫的过错，还是轰动性的新闻本身不胫而走的缘故，反正人海茫茫的莫斯科，突然家家户户都在议论这种光，议论佩尔西科夫教授。确实，谁也说不清，传闻相当模糊。有关这一奇特发现的消息仿佛一只被打伤的鸟，在万家灯火的首都蹦蹦跳跳，忽而消失，忽而重又飞起。七月中旬，《消息报》第二十版在《科技新闻》的标题下，发了一条介绍这种光的简讯，含糊其词地说，第四大学著名教授发明了一种足以大大提高低级生物活力的光，但是光的性能还有待检验。教授的姓氏当然给弄错了，报上赫然印着：佩夫西科夫。

伊凡诺夫拿来报纸，给佩尔西科夫看了简讯。

"'佩夫西科夫'，"佩尔西科夫在实验室里一面摆弄仪器，一面嘟哝，"这些混混打哪儿知道的？"

唉，错误的姓氏未能拯救教授，从第二天起意外事件接踵而至，立即打乱了佩尔西科夫的全部生活。

潘克拉特敲敲门，踏进实验室，递给佩尔西科夫一张缎子般漂亮的名片。

“他等在那儿。”潘克拉特怯生生地说。

名片的字体非常雅致：

阿尔弗雷德·阿尔卡季耶维奇

布朗斯基

莫斯科期刊《红色火星》《红辣椒》《红色杂志》《红色探照灯》撰稿人和《红色晚报》撰稿人

“赶走，见他的鬼。”佩尔西科夫冷冷地说，把名片往桌下一扔。

潘克拉特转身出去，五分钟后又哭丧着脸回来了，手里拿着一张和刚才相同的名片。

“你怎么啦，拿我开心？”佩尔西科夫尖声说，神色可怕。

“保卫局来的，他说……”潘克拉特脸都白了，赶紧回答。

佩尔西科夫一把夺过名片，险些把它撕成两半，另一只手扔掉镊子。名片上用花哨的字体加了几句话：

尊敬的教授，我很抱歉：我恳求您接待我三分钟，解决一个杂志方面的问题。保卫局出版社讽刺杂志《红乌鸦》撰稿人。

“叫他进来。”佩尔西科夫说，气得半死。

潘克拉特背后立即钻出一个胡子刮得干干净净、面孔油光光的年轻人。两道中国人似的永远扬起的眉毛和眉毛底下从不正眼看交谈者的黑亮的小眼睛，使人惊讶。年轻人的衣着无可挑剔，绝对时髦。上身一件长达膝盖的紧身西装，下身一条极大的灯笼裤，脚上一双宽得出奇的三节皮鞋，鞋头呈马蹄状。年轻人手里拿着手杖、尖顶礼帽和笔记本。

“您找我什么事？”佩尔西科夫生硬地问，潘克拉特立即溜了，“不是对您说了，我很忙？”

年轻人没回答，先向左、再向右对教授鞠了两躬。随后他的小眼睛轮子似的在实验室里转了一圈，年轻人立即在笔记本上做了记号。

“我很忙。”教授说，厌恶地瞅着客人的小眼睛，但一无效果，因为小眼睛根本逮不住。

“我一千次请求原谅，尊敬的教授，”年轻人细声细气地说，“因为我闯进来见您，占用您宝贵的时间，但有消息说，您具有世界意义的发现，轰动了全世界，我们杂志不得不请您做些介绍。”

“有什么可向全世界介绍的？”佩尔西科夫尖叫，脸都黄了，“我没有责任向您介绍，或者提供诸如此类的东西……我很忙……非常忙。”

“您在忙什么？”年轻人甜甜地问，又在笔记本上做了记号。

“我……您想干吗？写报道？”

“对。”年轻人回答，突然在笔记本上迅速写起来。

“首先，在我结束这项研究前，我不想发表任何文字……更不用说在您那些报纸上……第二，这一切您是打哪儿知道的？……”佩尔西科夫突然觉得，没法应对。

“您发现了一种光，可以制造新生命，这消息可靠吗？”

“什么新生命？”教授大发雷霆，“您胡说什么！我发现的光现在还远远没有研究清楚，一切都是未知数！也许它能提高原生质的活力……”

“几倍？”年轻人赶紧追问。

佩尔西科夫完全不知所措：“嘿，混蛋。简直鬼知道这是怎么回事！”

“怎么能提这么庸俗的问题？……假定，我说，提高一千倍！……”

年轻人眼里闪过一丝捕捉的快意。

“培养出了巨型机体？”

“根本不是！确实，我培养的机体要比一般的机体大……嗯，具有某种新特性……不过您要知道，这里主要的不是机体大小，而是不可思议的繁殖速度。”佩尔西科夫不幸说漏了嘴，自己都惊呆了。年轻人写满整整一页，又在另一页上沙沙地写开了。

“请您别写！”佩尔西科夫已经认输，感到他被年轻人掌控，绝望地喊叫，“您在写什么？”

“两昼夜内从蛙卵里可以孵出两百万只蝌蚪，这是否确实？”

“多少蛙卵？”佩尔西科夫重又气急败坏地吼叫，“您见过蛙卵吗……譬如，雨蛙的？”

“半磅？”年轻人毫不害臊地问。

佩尔西科夫满脸通红。

“有谁这样计算？呸！您说什么？嗯，当然，要是用半磅蛙卵……也许……见鬼，嗯，大致这个数字吧，也许要多得多！”

年轻人的眼睛里倏地亮起两颗宝石，他一下子写了整整一页。

“这将引起畜牧业的世界革命，是吗？”

“这种报纸上的问题没意义，”佩尔西科夫大叫，“总之，我不允许您造谣。看您的脸我就知道，您尽写恶俗的东西！”

“我恳求您给一张您的照片，教授。”年轻人说，啪的一声合上笔记本。

“什么？我的照片？登在你们的杂志上？和您写的鬼话一起？不，不，不……我很忙……请别打扰！……”

“哪怕旧照片也行。我们马上还您。”

“潘克拉特！”教授怒不可遏地喊。

“我告辞了，不胜荣幸。”年轻人说完，走了。

潘克拉特没有应声而至。门外传来奇怪而有节奏的机械的吱吱声和鞋钉踩在地板上的橐橐声。实验室里出现一个穿军毯制服的特胖男子。他的左腿，机械假肢，走起来嘎吱作响，手里拿着皮包。刮得光洁的圆脸，仿佛浇了浅黄色肉冻，堆出殷勤的微笑。他按军人方式向教授鞠躬，随即挺直身体。在这一曲一伸间，他的腿弹簧似的咯噔一响，佩尔西科夫惊呆了。

“教授先生，”陌生人说，略显沙哑的嗓音听起来很舒服，“请原谅一个普通人打扰您的安宁。”

“您是记者？”佩尔西科夫问，“潘克拉特！！”

“绝对不是，教授先生，”胖子回答，“请允许我自我介绍一下，远洋轮船长，人民委员会下属《工业通报》撰稿人。”

“潘克拉特！！”佩尔西科夫歇斯底里地大叫。旋即实验室角落里亮起红灯，传来柔和的电话铃声。“潘克拉特！”教授又叫，“是我。”

“对不起，教授先生，”电话里一个沙哑的声音用德语说，“请允许我介绍一下，我是《柏林日报》撰稿人……”

“潘克拉特！”教授朝话筒喊道，接着用德语说，“我现在很忙，不能接待您！……潘克拉特！！”

这时研究所门口响起频繁的门铃声。

“铠甲街骇人听闻的凶杀案！！！”报童在六月晒热的马路上，密密的车轮和频频闪亮的车灯间窜来窜去，声嘶力竭地叫卖，“守寡的司祭太太德罗兹多娃养鸡场发生骇人听闻的鸡瘟，请看她的照片！佩尔西科夫教授骇人听闻的发现——生命之光！！”

佩尔西科夫身子一晃，险些倒在青苔街的汽车轮子下。他恶狠狠地抓过一份报纸。

“三戈比，公民！”报童喊道，旋即挤进人行道上的人群，重又大叫，“《红色晚报》，发现爱克斯光！！”

深感震惊的佩尔西科夫打开报纸，身体贴紧路灯灯柱。第二版左角油墨蹭糊的框框里，有个秃头正睁着疯子般视而不见的眼睛望着他，耷拉着下巴。阿尔弗雷德·布朗斯基的画作。“发现神秘红光的弗·伊·佩尔西科夫”，图画注有文字说明。接着，在《惊世之谜》标题下，文章这样开头：

“‘请坐，’大科学家佩尔西科夫向我们表示欢迎……”

文章下面印着花哨的签名：阿尔弗雷德·布朗斯基（阿隆佐）。

一道浅绿的光射向大学屋顶上空，空中闪出红字“每日广播”，转眼间，青苔街上挤满了人。

“‘请坐!!!’”屋顶喇叭突然极其难听地尖叫，活像阿尔弗雷德·布朗斯基的声音放大了一千倍，“大科学家佩尔西科夫向我们表示欢迎！‘我早就希望向莫斯科无产阶级介绍我的科学发现……’”

佩尔西科夫背后传来机械轻微的嘎吱声，有人拉拉他的袖子。他转过身，看见假肢主人微黄的圆脸。后者泪眼汪汪，嘴唇微微颤抖。

“教授先生，您不愿向我介绍您的惊人发现，”他悲哀地说，深深叹了口气，“我的十五卢布没了。”

他忧伤地望着大学屋顶，那里一张乌黑的嘴巴喷吐着隐身的阿尔弗雷德的鬼话。佩尔西科夫不知怎的有点可怜胖子。

“我绝对没对他说过‘请坐’！”他喃喃说，憎恶地捕捉空中掉下的每一句话，“这简直是个超级无赖！请您原谅。不过说实在的，工作时间有人闯进来……当然，我不是说您……”

“也许，教授先生，您可以给我描述一下您的仪器？”机械人低声下气地说，“对您来说，现在反正就是这么回事……”

“半磅蛙卵三天内孵出的蝌蚪，数量根本无法计算。”隐身人在喇叭里大喊大叫。

“嘟——嘟。”青苔街上汽车发出低沉的吼声。

“哈——哈——哈……哪能呢，哈——哈——哈。”引颈翘首的人群一阵骚动。

“恶劣透顶！是吗？”佩尔西科夫气得发抖，愤愤地对机械人说，“您看这事该怎么说？我要控告他！”

“可恶！”胖子同意。

一道异常刺眼的紫光直射教授，周围的一切——灯柱、木砖路面、黄色外墙、许多好奇的脸——全都熠熠生辉。

“这是为您打的灯光，教授先生。”胖子欣喜地耳语说，像只秤砣似的挂在教授手臂上。空中响起哒哒哒哒的机器声。

“让他们全都见鬼去！”佩尔西科夫忧伤地骂了一句，带着秤砣挤出人群，“喂，出租车，去普列奇斯坚卡！”

一辆一九二四年型号油漆斑驳的旧车，在人行道旁咔嗒咔嗒地开始发动。教授坐上汽车，竭力摆脱胖子的纠缠。

“您在妨碍我。”他狠狠地说，伸出两只拳头遮挡紫光。

“看过报纸了?！叫什么叫？……佩尔西科夫教授跟他的几个孩子在小铠甲街给杀了！……”周围人群里有人嚷嚷。

“我根本没孩子，狗娘养的。”佩尔西科夫吼道。他突然落到黑色摄影机的焦点上。摄影机摄下他的侧面，他张开的嘴和狂怒的眼睛。

“咔嗒……嘟……咔嗒……嘟。”出租车吼叫着驶进人群。

胖子已经安坐在车上，暖和着教授的半边身体。

V　鸡瘟

科斯特罗马省斯捷克洛夫斯克县斯捷克洛夫斯克镇（原特洛伊茨克镇）。这天，员工街（原教堂街）一幢小楼里走出一个包头巾、穿灰底印花连衣裙的女人，站在台阶上大哭。这个女人，原教堂大司祭的遗孀德罗兹多娃，哭得那么响，以致街对面小楼的小窗里，很快伸出一个包拉毛头巾的女人脑袋，朝她喊道：

“你怎么啦，斯捷潘诺夫娜，又死鸡了？”

“第十七只！”德罗兹多夫的未亡人痛哭流涕地回答。

“哎呀——呀——呀，”包拉毛头巾的女人哀叹着直摇头，“这究竟是怎么回事？上帝发怒，真的！鸡已经死了？”

“你来看，你来看，玛特辽娜，”司祭太太一边嘟哝，一边抽抽搭搭地哭，“你来看，这鸡得的什么瘟病！”

歪斜的灰色栅门砰地一响，两只女人的光脚啪哒啪哒踩过满是尘土的拱形路面，泪人似的司祭太太带着玛特辽娜朝自己的养鸡场走去。

应当说，大司祭萨瓦季·德罗兹多夫神父因教会遭到种种不幸，于一九二六年抑郁而死以后，他的遗孀没有灰心丧气，反而办了一个极其出色的养鸡场。寡妇的生意刚刚兴隆，就被课以重税，要不是有好人，养鸡场险些倒闭。他们开导寡妇向地方当局递交一份申请，说她，一个寡妇，创办了一个养鸡劳动组合，成员有德罗兹多娃本人，她的忠实女仆玛特辽娜和寡妇耳聋的侄女。当局免征寡妇的营业税，养鸡场渐渐发达，到一九二七年底，寡妇那个四周全是鸡窝、扬着尘土的小院里足足有了二百五十只鸡，其中包括名种柯兰鸡。寡妇的鸡蛋每星期天都出现在斯捷克洛夫斯克集市上，寡妇的鸡蛋卖到坦波夫，有时甚至摆进莫斯科原先的“奇奇金干酪黄油商店”的玻璃橱窗。

可不，从早晨算起，已经是第十七只布拉马普特拉，主人心爱的凤头鸡，在院子里走着走着，突然呕吐了。“嗳尔……尔尔……呜尔……呜尔尔尔……咯——咯——咯。”凤头鸡怪叫着，像最后一次看见太阳似的，朝它忧伤地翻白眼。劳动组合成员玛特辽娜蹲在地上，转来转去，把盛水的杯子凑到母鸡面前。

“凤头鸡，宝贝……嘬——嘬——嘬，喝水。”玛特辽娜恳求着，鸡喙转到哪儿，她就把杯子递到哪儿。但凤头鸡不想喝水，突然它张大嘴，昂起头，开始咯血。

“上帝！耶稣！”客人拍着大腿惊叫，“这是怎么啦？全是血。我敢发誓，从没见过鸡会像人一样肚子疼。”

这话像在送别可怜的凤头鸡。它突然侧身倒下，鸡喙无力地扎在尘土中，两眼一闭，接着仰面翻转，双脚朝天，躺在那儿不动了。玛特辽娜哇哇大哭，把杯子里的水洒了一地，司祭太太本人、劳动组合主席也哭了。客人凑到她耳边悄悄说：

“斯捷潘诺夫娜，你的鸡中邪了，不是中邪，我把泥巴吃了。哪见过这种事！鸡根本不生这种病！准是有人对你的鸡施了妖术。”

“我的冤家对头！”司祭太太仰天长叹，“他们干吗不让我在这个世界上活下去？”

回答她的是一声响亮的鸡啼，接着一只羽毛蓬乱的瘦公鸡，侧身冲出鸡窝，仿佛慌乱的酒鬼逃离啤酒店。它野蛮地朝两个女人瞪眼，原地踏步，老鹰似的张开翅膀，却没飞走，只是在院子里奔跑，打转，好像一匹被套马索套住的马。到第三圈它停下，开始恶心，朝周围吐出滴滴鲜血。它终于跌倒，爪子直对太阳，仿佛两根桅杆。女人的哭声响彻院子。鸡窝里顿时报以一片惊慌的咯咯声、扑扇声和闹腾声。

“瞧，还不是中邪？”客人得意地说，“去叫谢尔盖神父，做个祷告。”

傍晚六点，火红的夕阳低挂在鲜嫩的葵花中间，养鸡场的院子里，教堂堂长谢尔盖神父做完祷告，取下胸前绣有十字架的长巾。古老的栅栏上，栅栏的缝隙里，伸着人们好奇的脑袋。悲痛欲绝的司祭太太吻着十字架，滴滴泪水沾湿了一卢布破旧的黄票子。她把钱恭敬地递给谢尔盖神父。神父频频叹息，说是，瞧，上帝降罪于我们。这时，谢尔盖神父的模样分明表示，他十分清楚上帝为什么降罪，但他绝对不说。

这时街上的人群散了。因为鸡早睡，所以谁也不知道，司祭太太德罗兹多娃邻居的鸡窝里，三只母鸡和一只公鸡一下子全死了。它们也像德罗兹多娃的鸡一样咯血不止，不过它们死在上锁的鸡窝里，死得无声无息。公鸡从架上倒栽下来，就这样断气了。至于寡妇的母鸡，在神父祷告后立刻死了。不到天黑，鸡窝里已经一片死寂，地上堆着僵硬的死鸡。

第二天早晨，小城仿佛被一声巨雷惊醒，因为事态的发展离奇而又可怕。到中午，员工街上总共只剩三只母鸡，还是在街道尽头住着县里下来的财政检查员的房子里。到下午一点，连这三只母鸡也死了。到傍晚，小镇斯捷克洛夫斯克一片嗡嗡声，乱得就像蜂窝。到处流传着令人心惊的说法：“瘟疫。”德罗兹多娃的名字被写进当地报纸《红色战士》一篇题为《难道是鸡瘟?》的文章，又从这里飞到了莫斯科。

佩尔西科夫教授的生活变得离奇、不安而又烦躁。总之，在这样的环境里简直无法工作。摆脱阿尔弗雷德·布朗斯基纠缠后的第二天，他不得不停止使用研究所自己实验室的电话，摘了话筒。晚上，教授乘电车经过猎人街时，在矗立着“工人日报”黑字的大楼屋顶上，看到了自己的尊容。他，教授，气炸了，脸色铁青，眼睛眨巴，坐上敞篷出租车。在他后面，一个穿军毯制服、装假肢的胖子拉住他袖子，也上了汽车。教授在屋顶白色银幕上伸出两只拳头遮住紫光。这时出现火红的字幕："佩尔西科夫教授在出租车里向我报著名特约记者斯捷潘诺夫船长介绍情况。"确实不假，一辆摇摇晃晃的汽车沿着伏尔洪街驶过教堂，教授在车上指手画脚，他的面孔就像中毒的野狼。

"这些个鬼东西，不是人。"动物学家咬牙切齿地骂。电车过了报社大楼。

那天晚上，动物学家回到普列奇斯坚卡寓所，从女管家玛丽娅·斯捷潘诺夫娜手里接过十七张记着电话号码的便条——都是他不在时打来的，收到了玛丽娅·斯捷潘诺夫娜的口头声明，她累坏了。教授正想撕毁便条，随即住手，因为其中一个电话号码后面写着：卫生人民委员。

"怎么回事？"博学的怪人莫名其妙，"他们这是怎么啦？"

那天晚上十点一刻，门铃响了，教授无奈地和一位珠光宝气的公民进行谈话。教授接待他完全是因为他的名片，上面赫然印着（没有姓名）：外国政府驻苏维埃共和国商务全权代表。

"见鬼，"佩尔西科夫吼道，把放大镜和图表扔在台面绿呢上，随后吩咐玛丽娅·斯捷潘诺夫娜，"叫他来这儿，书房，这个全权代表。"

"我能为你做什么？"佩尔西科夫问，他的语气使代表微微打了个哆嗦。佩尔西科夫把眼镜从鼻梁推向前额，又从前额拉回鼻梁，看清了来访者的模样。那人浑身上下熠熠生辉，右眼戴着单眼镜。"面目可憎。"佩尔西科夫不知为什么这样想。

客人开口了，但离题甚远，他请教授允许他抽支雪茄，佩尔西科夫极不愿意地请他坐下。接着客人就他深夜造访说了许多道歉的话："不过……教授先生白天是绝对逮……嘻——嘻……请原谅……见不到的。"（客人的笑就像哭，一如鬣狗。）

"对，我很忙！"佩尔西科夫简短地回答。客人又打了个哆嗦。

但他还是决意打扰大名鼎鼎的学者：

"俗话说得好，时间就是金钱……雪茄不妨碍教授？"

"嗯——嗯——嗯。"佩尔西科夫回答。他允许了。

"教授不是发现了生命之光吗？"

"得了吧，哪来的生命之光？！这是记者异想天开！"佩尔西科夫激动起来。

"哦，不，嘻——嘻——哈……鄙人非常清楚，凡是真正的学者都有谦虚的美德……当然……今天鄙人收到几份电报……世界各大城市，譬如华沙和里加，已经知道有关生命之光的全部情况，全世界都在传颂佩尔西科夫教授的名字……全世界都在注视佩尔西科夫教授的工作，屏住呼吸……但谁都知道，在苏维埃俄罗斯，学者的境遇有多糟。这话就咱俩说说[1]……这儿没外人……唉，这儿不珍惜学者的劳动，所以鄙人想和教授谈谈……某国愿向佩尔西科夫教授提供绝对无私的服务，支持他的科学实验。干吗在这儿抛珠呢[2]，就像《圣经》上说的。某国知道在一九一九年

① 此句原文为法语。

② 源于成语对猪抛珠，意同中国成语对牛弹琴。

和二〇年这场……嘻——嘻……革命期间，教授受了多少苦。当然，事情绝对保密……教授向某国介绍研究成果，某国拨给教授研究经费……教授不是已经造出一台仪器？鄙人很想见识这台仪器的图纸……”

这时，客人从西服里面的口袋里掏出一沓白净的钞票……

“一点小意思，五千卢布，譬如定金，教授可以马上收下……不用收条……要是教授提起收条，商务全权代表肯定生气。”

“滚！！！”佩尔西科夫突然一声怒吼，震得客厅里钢琴上的黑键都响了。

客人旋即消失。一分钟后，气得发抖的佩尔西科夫连自己都怀疑客人是否真的来过，或者这仅仅是幻觉。

“他的套鞋?！”过了一会儿，佩尔西科夫在前厅吼道。

“那位先生忘了。”浑身打战的玛丽娅·斯捷潘诺夫娜回答。

“把套鞋扔了！”

“哪能把套鞋扔了。那位先生要来取的。”

“把套鞋交到房管会去。给个收条。我家里不许有他的套鞋！交到房管会去！让他们收下特务的套鞋！……”

玛丽娅·斯捷潘诺夫娜画着十字，拿起漂亮的皮套鞋朝后门走去。她在门后站了一会儿，把套鞋藏进了贮藏室。

“交了？”佩尔西科夫喝问。

“交了。”

“收条给我。”

"嗯，弗拉基米尔·伊帕季耶维奇。嗯，主席不识字！……"

"我——现在——就要——收条。让随便哪个识字的狗崽子替他写一张！"

玛丽娅·斯捷潘诺夫娜只好摇头走了。十五分钟后拿回了收条：

"收到佩尔西科夫交公套鞋一双。科列索夫。"

"这是什么？"

"号牌。"

佩尔西科夫噔噔儿脚踩坏号牌，把收条压在镇纸下。过了一会儿，不知什么念头在他隆起的前额上凝成一片乌云。他奔到电话机前，一个电话叫醒看守研究所的潘克拉特："一切正常？"潘克拉特在电话里含糊不清地说了一通，大意是按他的看法，一切正常。但佩尔西科夫平静了仅仅一分钟。他拧着眉头，抓住电话，朝话筒喊道：

"给我接这个，叫什么来着，卢比扬卡[①]。谢谢……应当对你们哪位说呢……我这儿来了个穿套鞋的可疑分子，对……第四大学教授佩尔西科夫……"

话筒突然倏地没了声音。佩尔西科夫离开电话，嘟嘟哝哝地骂着。

"您喝茶吗，弗拉基米尔·伊帕季耶维奇？"玛丽娅·斯捷

① 国家政治保卫总局所在地。

潘诺夫娜把头探进书房，怯生生地问。

“我不喝茶……嗯——嗯——嗯……都见鬼去……简直疯了。”

不多不少过了十分钟，教授又在自己书房里接待了一批客人。其中一位讨人喜欢，胖胖的，相当有礼貌，穿着朴素的绿色竖领制服和马裤，鼻梁上架着仿佛水晶蝴蝶似的夹鼻眼睛，总之，像个穿漆皮靴的天使。另一位矮小，阴沉，便衣，但便衣穿在他身上似乎使他不便。第三位客人举止特别，他没进教授书房，留在昏暗的前室。这样，灯光明亮、飘着缕缕香烟烟雾的书房，他看得一清二楚。这第三位也穿便衣，烟色夹鼻眼睛非常招眼。

书房里的两位弄得佩尔西科夫精疲力尽：翻来覆去地研究名片，询问五千卢布的始末，要求描述不速之客的长相。

“咳，鬼知道长什么样，”佩尔西科夫嘀咕，“面目可憎。一个败类。”

“他的一只眼睛是不是玻璃的？”矮个子沙哑地问。

“鬼知道。噢，不，不是玻璃的。两只眼睛骨碌碌地转得挺快。”

“鲁宾施泰因？”天使轻轻问穿便衣的矮个子。但后者阴沉地摇摇头，表示否定。

“鲁宾施泰因没收条绝不付钱，”他嘟哝说，“这不是鲁宾施泰因干的。是个大点的角色。”

说起套鞋，两位客人顿时表现出异乎寻常的兴趣。天使给房管会挂了电话："国家政治保卫局请房管会书记科列索夫带上套鞋，立即到佩尔西科夫教授家来一次。"转眼间，脸色煞白的科列索夫在书房里出现了，两手捧着套鞋。

"瓦先卡！"天使唤了一声坐在前室里的那位。后者慵懒地站起来，像散了架似的慢慢走进书房。烟色镜片完全吞噬了他的眼睛。

"嗯？"他简短地问，一副昏昏欲睡的样子。

"套鞋。"

烟色眼睛朝套鞋一扫，一刹那，侧旁的佩尔西科夫仿佛觉得镜片下亮起一双绝非蒙眬，恰恰相反，出奇犀利的眼睛，但旋即暗淡了。

"怎么样，瓦先卡？"

那个叫瓦先卡的人萎靡地回答：

"什么怎么样，佩连日科夫斯基的套鞋。"

房管会立刻丧失了佩尔西科夫教授的馈赠。套鞋在报纸里消失。穿竖领制服的天使分外高兴地站起来和教授握手，甚至做了一个小小的讲话，内容大致如下：教授立了大功……教授尽管放心……今后绝不会再有任何人打扰他，无论是在研究所还是家里……将会采取措施，他的仪器绝对安全……

"能不能把记者都毙了？"佩尔西科夫问，从镜架上方看着客人。

他这一问，逗乐了三位客人。不仅阴沉的矮个子，甚至前室里的烟色眼镜也笑了。天使两眼发光，和颜悦色地解释说，这不可能。

“那刚才来我这儿的骗子究竟是什么人？”

大家不再发笑，天使模棱两可地说，是的，这是个微不足道的奸商，不值一提……但他恳请教授公民对今晚的事情严守秘密。客人们走了。

佩尔西科夫回到书房，重又拿起图表，但他仍然无法工作。电话上的红灯亮了，一个女人的声音说，如果教授愿意娶一位漂亮而又多情的寡妇，他能得到一套七个房间的住所。佩尔西科夫朝话筒吼道：

“我建议您去罗索利莫教授那儿治疗……”旋即又接到一个电话。

这次佩尔西科夫客气了些，因为电话是位相当有名的人从克里姆林宫打来的，他以赞许的口气久久地询问了教授的工作情况，并且表示愿意参观他的实验室。挂电话时，佩尔西科夫擦了擦汗湿的前额。不料楼上房间里响起震耳欲聋的铜管乐和瓦尔基利亚女神们[①]的号叫——呢绒托拉斯经理家的收音机正在播放大剧院瓦格纳音乐会实况。佩尔西科夫站在天花板泻下的一片号叫和轰鸣声中，向玛丽娅·斯捷潘诺夫娜宣布，他要控告经理，砸烂这架收音机，他要离开莫斯科，住到他妈的偏远角落去，因为显

① 出自斯堪的纳维亚神话，她们为英雄们助战，并把阵亡将士的灵魂引入瓦尔加拉宫飨以酒宴。

然有人千方百计企图把他撵走。他砸碎放大镜，和衣躺在书房的长沙发上，在大剧院著名钢琴家的温柔琴声中进了梦乡。

第二天意外事件仍然接连不断。佩尔西科夫乘电车来到研究所，在门廊上遇见一个陌生公民，头戴时髦的绿色盔帽。那人仔细打量了一下佩尔西科夫，没问什么，佩尔西科夫便容忍了他。谁知踏进研究所前厅，除了手足无措的潘克拉特，又一顶盔帽迎着他站起来，礼貌地招呼说：

“您好，教授公民。”

“你们干什么？”佩尔西科夫由潘克拉特侍候着脱下大衣，惊恐地问。但盔帽立刻消除了佩尔西科夫的疑虑，十分亲切地耳语说，教授不用惊慌，他，盔帽，在这儿站岗，目的就是不让纠缠不清的来访者打扰教授……教授不仅对办公室的门，甚至对办公室的窗，都可以绝对放心。陌生人说着掀开上衣衣襟，给教授看了一枚徽章。

“嗯……你们干得不赖，”佩尔西科夫含糊地说，接着问了一个天真的问题，“那您用餐怎么办？”

盔帽报以一笑，说有人会来换班的。

在这以后，安安静静地过了三天。来自克里姆林宫的客人两次拜访了教授，还有一次是大学生，他们是来接受佩尔西科夫考试的。大学生无一例外地考砸了，从他们的脸部表情可以看出，现在佩尔西科夫使他们感到无可名状的恐惧。

“去当电车售票员吧！您不能学动物学。”实验室里传出佩尔西科夫的声音。

“挺严？”盔帽问潘克拉特。

“噢，上帝保佑，”潘克拉特回答，“哪怕考出了，亲爱的，从实验室出来，也是摇摇晃晃，满头大汗，赶紧去啤酒店喝啤酒。”

教授忙于这些琐事，没发现已经过了三天。但第四天他重又回到现实，原因是街上一声尖细的嗓子。

“弗拉基米尔·伊帕季耶维奇！”嗓子从赫尔岑街朝实验室打开的窗口喊叫。嗓子运气不错：佩尔西科夫近来过于劳累，这时正在休息，没精打采地睁着红肿的眼睛，坐在圈椅里抽烟。他无法工作，因此甚至抱着几分好奇朝窗外一看，看到人行道上的阿尔弗雷德·布朗斯基。根据尖顶礼帽和笔记本，教授立刻认出了这位名片上有一串头衔的记者。布朗斯基温和而又恭敬地朝窗口鞠了一躬。

“呵，是您？”教授问。他没力气发火，甚至好奇，接下去将会发生什么。隔着窗户，他觉得自己是安全的，无须害怕阿尔弗雷德。街上昼夜值勤的盔帽立刻把耳朵对准布朗斯基。一朵媚态十足的笑容绽开在后者脸上。

“小小两分钟，亲爱的教授，”布朗斯基憋足了劲，从人行道上喊，“我只提一个问题，纯粹是动物学方面的问题。可以吗？”

“提吧。”佩尔西科夫简短而又揶揄地回答，暗想：“这混蛋倒有点美国人的劲头。”

“您谈鸡有何高见？”布朗斯基喊，两手拢成一个喇叭。

佩尔西科夫呆住了。他坐到窗台上，随后又跳下窗台，按了电铃，指指窗外说：

“潘克拉特，让人行道上的这个人进来。”

布朗斯基走进实验室，佩尔西科夫格外开恩，没好气地说：

“请坐！”

布朗斯基受宠若惊，笑嘻嘻地坐到转凳上。

“请问，”佩尔西科夫说，“您是不是常给你们那些报纸撰稿？”

“对。”阿尔弗雷德恭敬地回答。

“我真不懂，您怎么撰稿，要是俄语都说得不像样。这算什么，‘小小两分钟’‘谈鸡’？您大概想说‘对鸡’？”

布朗斯基尴尬而又恭敬地笑了：

“瓦连京·彼得罗维奇会改的。”

“瓦连京·彼得罗维奇是谁？”

“文学部主任。”

“好吧。不过我也不是语言学家。不谈您的彼得罗维奇。谈鸡吧，您究竟想知道什么？”

“您说的一切，教授。”

布朗斯基立即拿起铅笔。佩尔西科夫眼里闪出胜利的火花。

“您找我可是找错人了，我不是鸟类学专家。您最好去请教叶梅利扬·伊凡诺维奇·波尔图加洛夫，他在第一大学。我本人的知识相当有限……”

布朗斯基赞赏地笑了，表示他明白亲爱的教授的玩笑。“玩笑——知识有限！”他在笔记本上记了一笔。

“不过，要是您感兴趣，我就谈谈。鸡或者说带冠禽……是鸡目的一种家禽，属雉科……”佩尔西科夫大声说，眼睛不看布朗斯基，而是看着远处的什么地方，似乎那里有上千人在洗耳恭听，“属雉科……雉科[①]。长有皮状肉冠，下颌有两片垂肉……嗯……不过也有下巴中间只有一片垂肉的……嗯，还有什么。翅膀短小，丰满……尾巴不长，羽毛呈阶梯状，按我的说法，呈屋顶状。中间的尾羽呈镰刀状弯曲……潘克拉特……把模型室 705 号模型，拆卸公鸡拿来……不过，您认为要拿吗？……潘克拉特，别拿了……我再对您说一遍，我不是专家，您去找波尔图加洛夫。是的，据我所知，单单在印度和马来群岛就有六种野鸡……嗯……波尔图加洛夫比我知道得多……例如，邦加鸡或者卡津图鸡在喜马拉雅山麓、印度全境，包括阿萨姆邦、缅甸都有……叉尾鸡或者说加鲁斯 - 瓦里乌斯鸡分布在龙目岛、松巴哇岛和弗洛勒斯岛。爪哇岛上有名贵的加柳斯 - 埃内乌斯鸡。在印度东南部我可以向您介绍一种非常漂亮的佐涅拉特鸡……以后我可以给您看图片。至于说到锡兰，我们可以在那儿看到斯坦利鸡，这种鸡在其他任何地方都已绝迹。”

布朗斯基瞪着眼睛，一停不停记着。

“对您再说些什么？”

“我想了解鸡生哪些病。”阿尔弗雷德低声细语地说。

---

① 原文为拉丁文。

“嗯，我不是专家……您最好去问波尔图加洛夫……不过……说几种吧，绦虫、吸虫、疥螨、铁菌病、禽螨、鸡虱或者说羽虱、跳蚤、鸡霍乱、哮吼性白喉……霉菌性肺炎、肺结核、鸡癣……各种各样的病多着呢……（佩尔西科夫两眼炯炯发光）……中毒性疯癫、肿瘤、软骨病、黄疸、关节炎、阿霍利翁·申利亚尼真菌病……一种非常有趣的病。鸡生了这种病，鸡冠上像发霉似的会出现许多斑点……”

布朗斯基用手帕擦了擦额头的汗。

“教授，那么您看眼下这场灾难究竟是什么原因引起的？”

“什么灾难？”

“怎么，难道您没看报，教授？”布朗斯基随手从皮包里抽出一张皱巴巴的《消息报》。

“我不看报。”佩尔西科夫说，拧起眉头。

“那为什么，教授？”阿尔弗雷德小心地问。

“因为报上登的全是胡编乱造。”佩尔西科夫不假思索地回答。

“哪能呢，教授？”布朗斯基委婉地说着，打开报纸。

“出了什么事？”佩尔西科夫问，甚至从圈椅上站了起来。现在布朗斯基两眼炯炯发光。他用指甲涂油的手指在报纸通栏大标题《共和国发生鸡瘟》下一画。

“怎么？”佩尔西科夫问，把眼镜推到前额上……

Ⅵ 莫斯科，一九二八年六月

莫斯科灿烂辉煌。灯火在跳舞，忽明忽暗，闪闪烁烁。剧院广场上，旋转着公共汽车的白灯和有轨电车的绿灯。原先米尔－梅丽利兹公司十楼的加层建筑上，跳动着一个彩灯勾画的女人，手中一个字母一个字母地撒出色彩斑斓的“工人贷款”。大剧院对面的花园里，夜晚开放彩灯的喷水池周围，人头攒动，一片嘈杂。大剧院上方巨型喇叭在广播：

“预防鸡瘟疫苗在列福特兽医学院取得辉煌成果。今天死鸡数量减少一半……”

随后喇叭变换音色，叫了几声。一道射向剧院上空的绿光忽明忽暗，喇叭里传出沉闷的低音：

“防治鸡瘟特别委员会业已成立，成员有卫生人民委员，农业人民委员，畜牧处处长普塔哈－波罗休克，佩尔西科夫教授，波尔图加洛夫教授……和拉比诺维奇同志！……再次武装干涉[①]的

① 十月革命后，外国武装干涉苏维埃俄国，造成连年战乱。

图谋……”喇叭像胡狼似的又笑又哭。

剧院胡同、涅格林胡同和卢比扬卡广场灯火通明，一道道白光和紫光交相辉映，警车吼叫着驶过，尘土飞扬。人群拥挤在刺眼的红色反光灯下，贴有巨大告示的几处墙边。

“鉴于目前鸡瘟流行，为安全起见，禁止居民食用鸡肉和鸡蛋。个体商贩如在集市出售鸡肉和鸡蛋，以刑事罪论处，并没收其全部财产。凡存有鸡蛋的公民，应迅速将鸡蛋送交各区民警局，予以销毁。”

“工人日报”屋顶银幕上死鸡堆积如山，浅绿色的消防队员提着闪光的消防龙头奔来跑去，朝死鸡喷洒煤油，接着红色的火焰在银幕上滚动，暗淡的烟雾渐渐扩散，摇曳，弥漫。闪出火红的字幕，“霍登广场销毁死鸡”。

尽管午餐和晚餐时间休息，各种商店一直营业到深夜三点。许多灯光灿烂的橱窗间，几只钉死的窗口，仿佛瞎眼窝似的望着街道，窗口上方挂着招牌，“出售鸡蛋，保证质量”。标着“莫斯科卫生局救护大队”的救护车不时拉响警笛，超越笨重的公共汽车，从民警身边疾驶而过。

“又有人吃了变质鸡蛋。”人群中一阵骚动。

彼得罗夫大街上，驰名世界的安皮尔餐厅闪耀着绿色和橙色的灯光。餐厅桌上，便携式电话机旁放着溅有酒渍的硬纸告示，“按上级指示停止出售炒蛋。供应新鲜牡蛎”。

埃尔米塔什花园令人倾心的幽暗的绿树丛中，亮着一串串惨淡的中国灯笼。灯光刺眼的舞台上，两位讽刺歌手什拉姆斯和卡尔曼奇科夫，一面唱着诗人阿尔多和阿尔古耶夫作词的讽刺歌曲，一面像跳切乔特卡舞似的使劲跺脚。

哎哟，妈妈，没有蛋，我可怎么办??

梅耶荷德[①]剧院推出闪烁的彩灯广告：

不日公演《鸡瘟》，编剧：埃伦道克，导演：梅耶荷德门生，共和国功勋导演库赫捷尔曼。

谁都知道，梅耶荷德本人在一九二七年剧院演出普希金的《鲍里斯·戈都诺夫》时，因为布景坍塌，被坠落的裸体贵族压死[②]。毗邻的阿克瓦利乌姆花园里掌声雷动，正在演出列尼夫采夫的活报剧《小鸡》，绿色舞台上闪耀着霓虹灯光和女人半裸的身影。特维尔街上走着一队马戏团的驴子，腮帮两侧各挂一盏小灯，背上驮着灯光宣传画。科尔什剧院重新上演罗斯丹[③]的《雄鸡》。

报童在汽车的车轮间窜来窜去，高声叫卖：

“地下室里骇人听闻的发现！波兰准备发动骇人听闻的战

① 梅耶荷德（1874—1940），苏联导演。
② 此处系作者虚构。
③ 罗斯丹（1868—1918），法国诗人、剧作家。

争！！佩尔西科夫教授骇人听闻的实验！！！”

原先的尼基京杂技场里，散发着好闻的粪味的油腻腻的棕色舞台上，画白脸的小丑鲍姆对穿着格子衣服的臃肿的皮姆说：

“我知道你为什么这样伤心！”

“为什么？”皮姆尖声尖气地问。

“你把鸡蛋埋在地下，15 分局的民警找到了。”

“哈——哈——哈——哈。”全场哄笑，笑得血管里的血快活而又忧伤地凉了，笑得古老圆顶下吊杆和绳网晃了。

“呵——啪！”两个小丑齐声尖叫，一匹健壮的白马应声驮出两腿修长、穿着深红紧身衣裤的美女。

不看任何人，也无视任何人，毫不理睬妓女柔声细语的触碰和招徕，睿智、孤独、突然名声大噪的佩尔西科夫，沿着青苔街朝驯马场火红的大钟挤去。他沉浸在自己的思绪里，无暇顾及周围，不料劈面撞了一个衣着不合时宜的怪人，手指碰到那人挂在腰间的木头枪套，疼得够呛。

“哎哟，见鬼！”佩尔西科夫尖叫，“对不起。”

“抱歉。”那人回答，声音令人不快。他们好不容易在乱糟糟的人群中分开。教授朝普列奇斯坚卡走去，不一会儿便忘了刚才的碰撞。

Ⅶ　罗克

不知道是列福特兽医学院的疫苗确实名不虚传，还是萨马拉的防疫队训练有素；是卡卢加和沃罗涅什对鸡蛋贩子采取的坚决措施立竿见影，还是莫斯科特别委员会的工作卓有成效——反正谁都知道，在佩尔西科夫和阿尔弗雷德再次见面的两星期后，鸡瘟在苏联已经不复存在。只是在某些县城的居民院子里还有几根孤零零的鸡毛叫人看了落泪，再就是因为嘴馋住进医院的最后一批病人，尽管渐渐停止吐血拉血，但尚未完全康复。幸好全国死亡人数不到一千，也没有发生大规模骚乱。确实，在沃洛科拉姆斯克有人自称先知，扬言鸡瘟的罪魁祸首不是别人，正是那些人民委员，但影响不大。沃洛科拉姆斯克集市上，因为强行没收女人的鸡，几个民警挨了打，还有当地邮电局的几块玻璃给砸了。好在机灵的沃洛科拉姆斯克当局迅速采取措施，于是第一，先知停止活动；第二，邮电局安上了玻璃。

鸡瘟在北方蔓延到阿尔汉格尔斯克和休姆金村，自行停止，因为无法再往远处蔓延——谁都知道，白海里没鸡。鸡瘟在符拉迪沃斯托克也自行停止，因为前面是太平洋。在遥远的南方，鸡瘟在奥尔杜巴德、朱利法和卡拉布拉克灼热的荒漠上平息和灭绝。而在西方，鸡瘟恰恰在波兰和罗马尼亚边境上奇怪地结束。也许那里的气候不同，或者邻国政府采取的隔离和警戒措施起了作用，反正，事实是鸡瘟没有继续向前蔓延。外国报刊热闹而又贪婪地讨论着这场史无前例的鸡瘟，苏联政府则不声不响地加紧工作。防治鸡瘟特别委员会改名为全国振兴养鸡业特别委员会，增加了三名身居要职的新委员，由十六位同志组成。创办了禽蛋公司，佩尔西科夫和波尔图加洛夫出任公司董事长名誉顾问。报上，他们的照片下登了两条新闻，标题是《向国外购买大批鸡蛋》《尤兹先生企图挤垮禽蛋公司》。记者科列奇金辛辣的小品文风靡莫斯科。文章结尾写道："别眼红我们的鸡蛋，尤兹先生，您自己也有鸡蛋！"

最近三个星期佩尔西科夫累坏了，忙得不可开交。鸡瘟造成的种种事件，迫使他离开原先的生活轨道，负起双重责任。他常常在特别委员会的会议里泡掉整整一个晚上，三天两头地不是和阿尔弗雷德·布朗斯基，便是和假肢胖子进行冗长的谈话；不得不和波尔图加洛夫教授、伊凡诺夫、蓬加尔特编外副教授一起解剖瘟鸡，在显微镜下寻找鸡瘟病菌；甚至用三个晚上匆匆忙忙写完一本小册子《瘟鸡肝脏的病变》。

佩尔西科夫对这一领域的工作并无特殊热情。这自然可以理解——他的整个头脑装满那项基本而又重要、但被鸡瘟中断的研究，也就是红光的研究。佩尔西科夫不顾自己原本多病的身体，压缩睡眠和用餐时间，有时甚至不回普列奇斯坚卡寓所，只在研究所实验室的漆皮沙发上小睡片刻，通宵围着仪器和显微镜忙忙碌碌。

到七月底，混乱渐趋平息。改了名称的委员会进入正常工作轨道。佩尔西科夫回到被中断的研究上。一台台显微镜重又摆上新的切片。仪器里鱼子和蛙卵在光的照射下神话般地迅速成熟。飞机从哥尼斯堡运来了专门订购的透镜，于是在七月的最后几天，技工们在伊凡诺夫监督下制成两台新的大型仪器，里面的光束尾部有烟盒那么宽，顶部宽达一米。佩尔西科夫高兴地搓搓双手，开始准备一项神秘而又复杂的实验。首先，他和教育人民委员通了电话，话筒蛙鸣似的呱呱呱呱响了一通，对方答应千方百计予以支持。接着佩尔西科夫又是一个电话，找了最高委员会畜牧处处长普塔哈－波罗休克同志。听到佩尔西科夫的声音，普塔哈显得十分热情。双方谈了佩尔西科夫教授急需从国外订购的一批货物。普塔哈在电话里说，他马上给柏林和纽约发电报。随后克里姆林宫打来电话，了解佩尔西科夫的工作是否顺当，这位要人还亲切地问他是否需要汽车。

“不，谢谢您。我宁愿乘电车。”佩尔西科夫回答。

“为什么？”神秘的声音问，宽厚地讪讪一笑。

凡是和佩尔西科夫谈话的人，不是怀着尊敬和恐惧，便是像对孩子——虽说是大孩子——似的温和地微笑。

"电车快。"佩尔西科夫回答。于是洪亮的低音说：

"那好，随你。"

又过了一星期，佩尔西科夫渐渐从日趋平息的鸡瘟问题中脱身，整个沉浸在光的研究中。他的头脑因为不眠之夜和过度疲劳变得异常清晰，仿佛透明而又敏捷。现在佩尔西科夫的眼睛总是红肿的，他几乎天天都在研究所过夜。只有一次他离开动物学的避风港，在普列奇斯坚卡的改善科学家生活中央委员会大礼堂做了一个报告，介绍他所研究的光和这种光对卵细胞的作用。这是古怪的动物学家的一次巨大胜利。圆柱礼堂里雷动的掌声震落了天花板上的泥灰，嗞嗞作响的弧光灯照耀着中央委员黑色的晚礼服和女士白色的连衣裙。台上，紧挨讲台的玻璃桌上，盘子里气喘吁吁地蹲着一只湿漉漉的灰青蛙，大小和猫差不多。听众往台上递了许多纸条，其中七张是求爱的，佩尔西科夫当即撕了。改善科学家生活中央委员会主席硬把他拖到台上答谢听众的掌声。佩尔西科夫恼火地鞠躬行礼，他的手汗湿了，黑领带不在下巴底下，而在左耳后面。他眼前迷迷糊糊地浮动着许多蜡黄的脸和男子白色的胸脯。突然有只黄色枪套一闪而过，消失在白色圆柱后面。佩尔西科夫依稀看见，旋即忘了。报告结束，踩着绛红地毯下台时，他突然感到不适，一刹那前厅明亮的枝形吊灯失去光辉，佩尔西科夫眼睛发花，隐隐感到恶心……他似乎觉得有股焦味，似乎黏稠的热血正顺着脖子往下淌……教授伸出颤抖的手，一把抓住栏杆。

“您不舒服，弗拉基米尔·伊帕季耶维奇？”四周传来惊恐的声音。

“不，不，”佩尔西科夫回答，慢慢缓过气来，“我这是疲劳过度……嗯……请给我一杯水。”

阳光灿烂的八月的一天。教授嫌亮，拉上了窗帘。一面旋转灵活的反光镜，朝堆满工具和透镜的玻璃桌面投下一束刺眼的光线。佩尔西科夫疲惫地靠在转椅椅背上抽烟，呆滞而又满意的眼睛，透过缕缕青烟望着仪器稍稍打开的门，仪器里无声地亮着一束红光，实验室原本闷热混浊的空气变得更热。

有人敲门。

“嗯？”佩尔西科夫问。

门柔和地嘎吱一响，进来了潘克拉特。他两手贴住裤缝，战战兢兢地站在他崇拜的教授面前，脸色发白，说：

“教授先生，外面罗克找您。”

学者脸上露出一个似笑非笑的表情。他眯起小眼睛说：

“这倒挺有意思。不过我没空。”

“他说他有克里姆林宫的介绍信。”

“劫运[①]有介绍信？少见。”佩尔西科夫说，随即补充了一句，“那好，让他进来！”

---

① 俄语中，Pokk（罗克）为人名，和 pok（劫运、不祥）谐音。《不祥的蛋》暗喻罗克的蛋导致灾难。

“是。”潘克拉特说完，像蛇一样在门后消失了。

过了一分钟，门重又嘎吱一响，那人进来。佩尔西科夫在吱吱作响的转椅上回过头，从镜架上方望着来人。佩尔西科夫一向远离生活，对周围事物不感兴趣，然而此刻甚至佩尔西科夫也注意到了来人的主要特征：他的衣着古怪、老式。如在一九一九年，这身穿戴在首都街上完全得体，在一九二四年初还勉强可以，在一九二八年就显得稀奇古怪。现在甚至无产阶级最落后的部分——面包师——都穿上了西装，一九二四年底已经彻底过时的竖领制服在莫斯科几近绝迹。然而来人居然穿着双排钮皮夹克和草绿色军裤，绑着裹腿，穿着高帮皮鞋，腰间挂着装在黄色旧枪套里的老式毛瑟枪。来人的脸给佩尔西科夫——如同给其他人一样——造成非常不快的印象。一对小眼睛惊讶而又自信地望着整个世界，脚掌扁平的短腿放肆地叉开着，脸刮得发青。佩尔西科夫顿时拧起眉头。他毫不留情地转过吱吱直叫的椅子，已经不是从镜架上方，而是透过镜片，望着来人说：

“您有介绍信？它在哪里？”

来人显然被眼前的景象惊呆了。一般地说，他很少发愣，然而现在他愣住了。从小眼睛看，令他惊讶的首先是直抵天花板的十二层书柜，上上下下全都摆满书。其次当然是几台仪器，里面仿佛地狱似的闪动着被透镜放大的红光。况且昏暗中坐在转椅里的佩尔西科夫，傍着反光镜投下的针尖状的光，显得古怪而又气势不凡。来人凝视教授，自信的目光里闪耀着尊敬的火花，他没有递上介绍信，而是说：

“我是亚历山大·谢苗诺维奇·罗克！”

“嗯？您找我什么事？”

“我受命担任红光模范农场场长。”来人解释。

“嗯？”

“所以我来找您，同志，我带来一份机密公函。”

“倒想知道是什么公函。长话短说，如果可以。”

来人解开皮夹克，取出打在上等厚纸上的命令。他把命令递给佩尔西科夫，不等邀请便在转凳上坐了。

“别碰桌子。”佩尔西科夫憎恶地说。

来人惊恐地回头看了看桌子。桌子远端，在一个阴暗潮湿的孔里，闪烁着两只毫无生气、仿佛绿宝石似的眼睛。一股冷气扑面而来。

佩尔西科夫念完公函，从转椅上倏地站起来，直奔电话。几秒钟后，他已经怒不可遏地说开了：

“对不起……我不明白……怎么可以这样？我……没有我的同意，建议……鬼知道他会弄出什么结果！！”

陌生人十分委屈地朝他转过身。

“抱歉，”他说，“我是场……”

佩尔西科夫朝他挥了挥弯成钩子状的食指，接着说：

“对不起，我不明白……说到底，我坚决抗议。我不同意用鸡蛋做实验……在我自己都没做过同类实验以前……”

话筒里传出呱呱的说话声和嗒嗒的指尖敲击声，即便坐在远处都能明白，话筒里宽厚的声音像是在和孩子说话。末了，满脸通红的佩尔西科夫啪的一声挂了话筒，冲着墙壁说：

“我洗手不干了。”

他回到桌旁，拿起公函，从镜架上方自上而下读了一遍，接着透过镜片自下而上读了一遍。突然他吼道；

“潘克拉特！”

潘克拉特出现在门口，仿佛歌剧里踏着跳板跳上来的。佩尔西科夫看了他一眼，大声呵斥：

“滚出去，潘克拉特！”

潘克拉特没有表示丝毫惊讶，消失了。

佩尔西科夫转身对来人说：

“好吧……我服从。这事和我无关。再说我也不感兴趣。”

来人听了教授的话，没生气，只是颇为惊讶。

“抱歉，”他说，“您不是同志吗？”

“您干吗老是同志同志的没完……”佩尔西科夫没好气地嘟哝说，随即住口了。

“可是，”这分明写在罗克脸上，“抱……”

“那就这样，”佩尔西科夫打断他说，“这是球形弧光灯。开了灯，移动目镜，”佩尔西科夫啪的一声打开照相机模样的仪器，“可以调出一束光，然后移动物镜把光聚拢，这是1号镜……2号镜。”佩尔西科夫把灯关了，重又打开，光照在仪器的石棉底板上，“底板有光的部位上，您想放什么就放什么，实验就这么做。非常简单，是吗？”

佩尔西科夫原想表示讥讽和轻蔑，然而来人没察觉，一对炯炯有神的小眼睛仔细打量着仪器内部。

“不过我得事先说明，”佩尔西科夫接着说，“不要把手伸进光里，因为根据我的观察，这光会引起上皮增生……至于增生是恶性还是良性，很遗憾，我还没确定。”

来人立刻麻利地把手反剪在背后，匆忙中碰落了皮帽。他不由看了看教授的手——双手涂满碘酒，右手手腕还扎着绷带。

“那您怎么弄成这样，教授？”

“您可以去库兹涅茨桥施瓦贝的铺子里买双橡皮手套，”教授恼火地回答，“按说，这事不用我管。”

这时，佩尔西科夫看了看来人，仿佛透过放大镜似的。

“您打哪儿来？总之……为什么是您来了？……”

罗克终于生气了。

“抱歉……”

“要知道，我得明白是怎么回事！……为什么您非要这种光？……”

“因为这无比重要……”

“哦，无比重要？那……潘克拉特！”

潘克拉特出现。

“你过会儿来，我再想想。”

潘克拉特顺从地消失。

“我不明白，”佩尔西科夫说，“为什么这样匆忙、秘密？”

“教授，您把我闹糊涂了，”罗克回答，“您知道鸡都死光了。”

“那怎么啦？”佩尔西科夫吼道，“您想让它们立刻复活，是吗？再说，为什么借助这种还没深入研究的光？”

“教授同志，”罗克回答，“您真的把我闹糊涂了。我告诉您，我们必须恢复养鸡业，因为国外说了我们许多坏话。对。”

“让他们说去……”

“噢，您得明白。”罗克神秘地回答，摇摇头。

“我想知道，用蛋孵鸡究竟是谁出的主意……”

“我。”罗克回答……

“哦……是这样……怎么出了这么个主意，请问？光的特性您是打哪儿知道的？”

“教授，我听过您的报告。”

“我还没用蛋做过实验！……只是有这个打算！”

“真的，会成功的，”罗克突然坚定、诚恳地说，“您的光太神，哪怕弄些大象都行，别说小鸡。”

“您呀，”佩尔西科夫说，“您不是动物学家？不是？可惜……要不，您倒是非常勇敢的实验家……对……不过您可能……失败……白白浪费我的时间……”

“我们会把仪器还给您的。行吧？”

“什么时候？”

“等我孵出第一批小鸡。”

“您说得多有把握！好吧。潘克拉特！”

“我有人搬，”罗克说，“还有警卫……”

傍晚，佩尔西科夫的实验室变得冷冷清清……桌子空了。罗克的人搬走了三台大的仪器，只给教授留了一台小的，也就是用于第一次试验的那台。

七月的黄昏降临，灰暗的夜色笼罩研究所，顺着走廊弥漫。实验室传出单调的脚步声——佩尔西科夫没开灯，在偌大的房间里来回踱步，从窗到门，从门到窗……真是怪事，那天晚上一种莫名的忧郁控制了研究所里的人和动物。蛤蟆不知为什么开了一个异常忧郁的音乐会，呱呱的鸣声不祥而又充满警告。一条水蛇逃出饲养箱。潘克拉特在走廊里逮它。他逮住水蛇时，水蛇的模样似乎表示只要能逃，去哪儿都行。

入夜，佩尔西科夫实验室里传出铃声。潘克拉特来到门口，看到了奇怪的景象。学者孤零零地站在实验室中央，两眼望着桌子。潘克拉特咳嗽一声，屏住呼吸。

“瞧，潘克拉特。”佩尔西科夫说着，用手指了指空空的桌子。

潘克拉特害怕极了。昏暗中他似乎觉得教授哭过，眼睛红肿。这太反常，太可怕。

“是。”潘克拉特哭丧着脸回答，暗想：“宁可你骂我一顿！”

“瞧。”佩尔西科夫重复一遍，他嘴唇发抖，就像孩子被人无故抢走了心爱的玩具。

“你知道，亲爱的潘克拉特，”佩尔西科夫接着说，朝窗子转过身，“我妻子十五年前出走，进了轻歌剧院，现在死了……瞧这事，亲爱的潘克拉特……那儿给我来了封信……”

蛤蟆如泣如诉地鸣叫着，夜色裹住了教授，这就是夜晚……莫斯科……窗外亮起球形的白色街灯……潘克拉特不知该怎么办，心里很难受，两手战战兢兢地贴住裤缝……

“去吧，潘克拉特，”教授沉重地说，挥了挥手，“去睡吧，亲爱的，老弟，潘克拉特。”

已是深夜。潘克拉特跑出办公室，不知为什么踮着脚尖。他直奔自己的斗室，扒开墙角的破烂，取出一瓶启封的烧酒，一口气喝了近一茶杯，又吃了点面包和盐。他的眼睛稍稍快活了些。

时近午夜，灯光暗淡的前厅里，潘克拉特赤脚盘坐在长椅上，一面和通宵值班的盔帽聊天，一面在印花布衬衫下搔胸脯。

“打死我也比这好受，真的……”

“他真的哭了？”盔帽好奇地问。

“真的……”潘克拉特发誓。

“大学者呵，”盔帽同意，“谁都知道，蛤蟆不能代替老婆。”

“绝对不能。”潘克拉特同意。

他想了想，又补充说：

“我想写封信叫我老婆出来……她待在乡下干吗。只是让她跟蛇做伴，她说什么也受不了……”

“当然，这玩意讨厌透顶。”盔帽同意。

学者实验室里没有声响。没有灯光。门底下没有漏出一线光亮。

Ⅷ 农场事件

绝对没有比金色的八月更美好的季节，即便在斯摩棱斯克省也是如此。谁都知道，因为春天及时下了几场透雨，一九二八年的夏天好得不能再好，艳阳高照，丰收在望……原先的舍列梅季耶夫庄园里，苹果熟了……树林一片青翠，方方正正的麦田金光闪烁……在自然的怀抱里人变得美好。亚历山大·谢苗诺维奇看上去不像在城里那样令人不快。他身上讨厌的皮夹克不见了。他的脸晒成紫铜色，印花布衬衫敞着，露出黑毛浓密的胸脯，腿上是条帆布裤。眼睛安详而又善良。

亚历山大·谢苗诺维奇兴奋地跑出列柱门廊，门廊廊檐的红星下钉着一块牌子——“红光国营农场”。他直奔卡车，在警卫保护下，卡车运来三台黑色仪器。

整整一天，亚历山大·谢苗诺维奇和他的几个助手都在舍列梅季耶夫庄园的暖房里忙着安装仪器……傍晚，一切准备就绪。玻璃棚顶下，亮起白色磨砂球形吸顶灯，垒起的砖块上放着仪器，跟车来的技工打个响指，拧紧闪光的螺丝，在黑箱子的石棉底板上，开亮了神秘的红光。

亚历山大·谢苗诺维奇亲自扛着梯子，爬上爬下检查电线。

第二天，仍是那辆卡车，从火车站回来，卸下三只漂亮光洁的胶合板箱子，箱子周围贴着好些标签和黑底白字的说明：

“Vorsicht：Eier！！”

“小心轻放：蛋！！”

“怎么才运来这么点？”亚历山大·谢苗诺维奇诧异了，但立刻忙活起来，着手开箱。开箱的地方仍是那座暖房，参加开箱的有亚历山大·谢苗诺维奇本人，他特胖的妻子玛尼娅，原先舍列梅季耶夫家的独眼花匠、眼下农场应付各种杂差的看门人，注定得在农场长住的警卫和清洁工杜尼娅。这不是莫斯科，这里的一切都比较简单，带有家庭和友谊的特征。亚历山大·谢苗诺维奇站在玻璃棚顶夕阳洒下的温柔的余晖中发号施令，不时欣喜地看看精美礼品似的三只箱子。任凭步枪安静地倚在门上打盹的警卫，正用钳子拆除系条和金属沿条。响起咔嚓咔嚓的断裂声……掉下尘土。亚历山大·谢苗诺维奇趿着凉鞋在箱子边忙个不停。

“您轻点，”他对警卫说，“小心。难道您没看见——蛋？”

“没关系，”县里的士兵一面沙哑地说着，一面钻孔，“这就好……”

嘚儿——儿——儿……掉下尘土。

蛋包装得极好，木盖底下先是一层蜡纸，再是一层吸水纸，再是一层厚实的刨花，再是锯末，锯末里露出一个个白色的蛋尖。

“外国包装，”亚历山大·谢苗诺维奇欣喜地说着，扒开锯末，“跟我们的就是不一样。玛尼娅，小心点，别把蛋打了。”

“你呀，亚历山大·谢苗诺维奇，犯傻，”妻子回答，“金子吗，有什么了不起。我从没见过蛋？哎哟……好大！”

“外国货，”亚历山大·谢苗诺维奇说，把蛋一只只放到木桌上，“哪是咱们乡下的蛋……大概全是布拉马普特拉鸡蛋，见鬼！德国鸡蛋……”

“明摆的事。”警卫欣赏着蛋，肯定地说。

“就不明白这蛋怎么全是脏不拉叽的，”亚历山大·谢苗诺维奇若有所思地说，“玛尼娅，你瞧着点。让他们接着干，我去打个电话。”

亚历山大·谢苗诺维奇穿过院子，朝农场办公室的电话走去。

晚上，动物研究所实验室的电话响了。佩尔西科夫恼火地搔搔头，走到电话前。

“喂？”他问。

“外省长途。”话筒嗞嗞响着，传来一个女人的声音。

“接过来。”佩尔西科夫厌恶地冲着乌黑的话筒说。话筒咔咔咔咔一阵噪音，随后一个远远的焦躁的男人声音传进他的耳朵：

“蛋要洗吗，教授？”

“什么？什么？您说什么？”佩尔西科夫火气十足，“您是哪儿？”

“尼科尔斯克乡，斯摩棱斯克省。”话筒回答。

“莫名其妙。什么尼科尔斯克乡，我不知道。您是谁？”

“罗克。”话筒严肃地回答。

“哪个罗克？哦，对……是您啊……您问什么？”

“蛋要洗吗？……国外给我运来一批鸡蛋……”

“嗯？”

“鸡蛋挺脏……”

“您弄错了吧……您说‘挺脏’，怎么可能？嗯，当然，也许有点脏……沾了鸡粪……或者别的什么……”

“那不用洗？”

“当然，不用……您怎么，已经想把蛋装进仪器啦？”

“已经开始装了。对。”话筒回答。

“哞。”佩尔西科夫冷冷应道。

“再见。”话筒咔嗒一声，哑了。

“‘再见’，”佩尔西科夫气愤地把罗克的话对编外副教授伊凡诺夫重复了一遍，“您喜欢这家伙吗，彼得·斯捷潘诺维奇？”

伊凡诺夫哈哈大笑。

“是他？我能想象，他会从这些蛋里孵出什么玩意。”

“嗯……嗯……嗯……”佩尔西科夫恼火地说，“您这样想，彼得·斯捷潘诺维奇……嗯，好极了……也许，光对鸡蛋卵黄质的作用跟光对无鳞动物原生质的作用一样。也许他会把鸡孵出来。但您也好，我也好，都说不清这是些什么鸡……也许这些鸡根本没用。也许过两天就死了。也许不能吃！难道我能保证，它们站得住？也许他们的骨头很脆，一碰就断。”佩尔西科夫说得来劲了，又是挥手，又是扳手指头。

“完全正确。”伊凡诺夫同意。

“彼得·斯捷潘诺维奇，您能保证这些鸡会传代？也许这家伙孵出的鸡不生蛋。他可以把它们养得像狗一样大，但要它们生蛋。除非耶稣再世。”

“不能保证。”伊凡诺夫同意。

“他那股放肆劲真没说的，”佩尔西科夫灰心丧气，“尽胡来！！可您瞧瞧，居然要我指导这个混蛋。”佩尔西科夫指指罗克带来的公函（公函扔在实验桌上），“我怎么指导这个外行，要是连我自己在这个问题上都说不出什么？”

“不能拒绝？”伊凡诺夫问。

佩尔西科夫脸红了，拿起公函，递给伊凡诺夫。后者看过公函，讪讪一笑。

“嗨，对……”他意味深长地说。

“您瞧……我订的货都两个月了，音讯全无。可这家伙的蛋马上到了，他的要求总是尽量满足。”

“他什么都孵不出来，弗拉基米尔·伊帕季耶维奇。只好把仪器还给我们完事。”

“但愿快点还，要不，耽误我们的实验。”

“这够糟的，我那儿都准备好了。”

“潜水服拿到了？”

“对，今天上午。”

佩尔西科夫稍稍平静了些，高兴地说：

“嗯……我想我们这么办。实验室的门可以牢牢关上，把窗打开……”

“当然。”伊凡诺夫同意。

“三顶盔帽？”

“三顶。对。”

“行啊……那就您一顶，我一顶，还可以叫个大学生。把第三顶盔帽给他。”

“格林穆特可以。”

“就是跟您做蝾螈实验的那个？……呣……他还不错……虽说，您别见怪，今年春天他没说出鱼鳔的构造。”佩尔西科夫记着老账。

“不，他挺不错……是个好学生。”伊凡诺夫庇护说。

“到时候得一夜不睡，”佩尔西科夫接着说，“不过，彼得·斯捷潘诺维奇，您检查一下煤气，要不鬼知道那些化工公司会怎么样。把废气给弄来了。”

“不，不，”伊凡诺夫连连摇手，“昨天我已经试过。应当给他们说句公道话，弗拉基米尔·伊帕季耶维奇，上等煤气。”

“您拿什么试的？”

“普通蛤蟆。一放煤气，马上死了。对，弗拉基米尔·伊帕季耶维奇，我们还有件事要办。您打个报告给保卫局，让他们给您弄支电子手枪。”

“我不会用……”

“我会，”伊凡诺夫回答，“我们在克利亚济马打过电子手枪，玩过……那儿有个保卫局的人住我隔壁……好枪。简直好极了……打起来没一点声音，一百步内一枪致命。我们打乌鸦了……要我说呀，连煤气都不需要。”

“呣……这倒是个极妙的主意……极妙！”佩尔西科夫走到墙角拿起话筒，呱呱地说：

“给我接这个，叫什么来着……卢比扬卡……”

连日暴热。田野上空可以清楚地看到透明而又稠密的暑气徐徐飘动。然而夜晚是美妙的，迷人的，青翠的。皎洁的月色下，原先的舍列梅季耶夫庄园简直漂亮极了，无法形容。农场管委会仿佛像糖一样洁白的宫殿泛出光亮，花园里树影婆娑，池塘被两种颜色平分——半是明月的斜晖，半是无底的黑暗。斑斑点点的月光下，可以自由地阅读《消息报》，除了用小号铅字排的国际象棋专栏。不过，在这样的夜晚自然没人阅读《消息报》……清洁工杜尼娅在农场管委会后面的树林里，凑巧，农场那辆破车的红胡子司机也在。他们在那里做什么——没人知道。他们栖身在榆树不大可靠的树荫里，底下摊着司机的皮大衣。伙房里亮着一盏灯，两个菜农在用晚餐。罗克太太穿着宽大的白色连衣裙，坐在圆柱回廊上，望着美人儿似的月亮痴想。

晚上十点，农场后面那个末尾村终于沉寂，美丽如画的景色里响起悠扬的笛声。树林和原先舍列梅季耶夫宫殿的圆柱配上袅袅的笛声，确实妙不可言。《黑桃皇后》[①]中单薄的丽莎正和热恋的波利娜演出二重唱，歌声像令人迷醉的古老生活的幻影，飞向月色溶溶的夜空。

“熄灭……熄灭……”

笛声忽高忽低，频频叹息。

树林屏住呼吸，杜尼娅仿佛令人销魂的林妖，侧耳静听，脸贴着红须司机粗糙结实的脸。

“吹得真好，狗崽子。”司机说，伸出结实的手臂搂住杜尼娅的腰。

吹长笛的是场长本人，亚历山大·谢苗诺维奇·罗克，应当说句公道话，他吹得极好。原来，吹长笛是亚历山大·谢苗诺维奇的本行。直到一九一七年，他始终在艺术大师彼图霍夫的著名乐团供职，乐团和谐的演奏声，天天晚上都在叶卡捷琳诺斯拉夫[②]舒适的美梦电影院休息厅里回荡。但伟大的一九一七年改变了许多人的职业，也引导亚历山大·谢苗诺维奇走上新路。他离开美梦电影院，离开休息厅里沾灰的星星缎纹织物，投身战争和革命的汪洋大海，把长笛换成杀人的毛瑟枪。他久久被风浪抛掷

① 普希金的小说，后被改编为歌剧。

② 第聂伯罗彼得罗夫斯克的旧称。

着，忽而被抛到克里米亚，忽而被抛到莫斯科，忽而被抛到突厥斯坦，忽而又被抛到符拉迪沃斯托克。正是革命充分显示了亚历山大·谢苗诺维奇的才华。原来这人极有本领，当然美梦电影院休息厅不是他待的地方。我们不妨省去冗长的细节，只举最近一个例子加以说明：一九二七年至一九二八年年初，亚历山大·谢苗诺维奇在突厥斯坦主编一份大报；同时，作为最高经济委员会专员，在扩大突厥斯坦地区灌溉面积方面成绩卓著，声名鹊起。一九二八年罗克来到莫斯科，理所当然地获准休假。那个组织的最高委员会——穿着老式服装的外省来客荣幸地揣着它的证件——对他评价很好，派他担任一个省心而又可敬的职务。唉！唉！也是共和国不幸，亚历山大·谢苗诺维奇沸腾的头脑没有冷静。在莫斯科他遇上了佩尔西科夫的发现，于是在特维尔街“红色巴黎”的客房里，亚历山大·谢苗诺维奇产生了借助佩尔西科夫的光，在一个月内复兴共和国养鸡业的设想。畜牧委员会听取了罗克的建议，表示赞同。于是，罗克带着纸张厚实的公文找到了古怪的动物学家。

镜子般的池水、树林和花园上空的音乐会已经接近尾声，突然，一个意外情况使它提前结束。就是末尾村的狗——按说它们都该睡了——突然狺狺狂吠，吠声渐渐变成痛苦的号叫。号叫越来越响，传向田野，突然，各处池塘里千万只青蛙报以凄厉的聒噪。这一切是那么恐怖，一刹那，似乎神秘迷人的月夜都失去了光彩。

亚历山大·谢苗诺维奇放下长笛，走到回廊上。

“玛尼娅，你听见吗？这些该死的狗……你看它们干吗发疯似的乱叫？”

“我怎么知道？”玛尼娅望着月亮回答。

“我说玛涅奇卡，咱们去看看蛋吧。”亚历山大·谢苗诺维奇建议。

“上帝，你可真是疯了，老念叨自己的蛋和鸡。哪怕稍稍休息一下也好！”

“不，玛涅奇卡，去看看。”

暖房里亮着明晃晃的球形灯。杜尼娅也来了，脸色绯红，两眼闪闪发光。亚历山大·谢苗诺维奇温柔地打开监视孔，大家一起朝仪器里张望。白色石棉底板上，整齐地排列着一行行布满斑点的红通通的蛋，仪器里悄无声息……棚顶上一千五百支光球形灯咝咝作响……

“嗨，我准能把小鸡孵出来！”亚历山大·谢苗诺维奇满怀激情地说，忽而往侧面的监视孔看看，忽而从上面宽大的通风口望望，“你们等着瞧吧……什么？我孵不出来？”

“您知道吗，亚历山大·谢苗诺维奇，”杜尼娅笑着说，“末尾村的老乡说您反对基督。说您那些蛋鬼气，用机器孵蛋是造孽。想打死您。”

亚历山大·谢苗诺维奇不由一震。他朝妻子转过身，脸都气黄了。

“嗯，您有什么说的？这就是百姓！对这样的百姓您能怎么办？呵？玛涅奇卡，应当给他们开个会……明天我让县里派些人来，我亲自给他们交代任务。应当好好做工作……要不这地方闭塞，就像死角……”

“愚昧。”警卫坐在暖房门边自己的大衣上说。

第二天，令人心惊、莫名的怪事一桩接着一桩。清晨，太阳开始吐露光焰，平时百鸟欢唱的树林却一片沉寂。这个情况，所有的人绝对都注意到了。仿佛雷雨在即，却又根本没有下雨的征兆。农场里人们的谈话在亚历山大·谢苗诺维奇听来，全都稀奇古怪，含沙射影，尤其是外号羊脖子的大叔，末尾村出名的捣乱分子，自作聪明的家伙，胡说什么所有的鸟，都在天亮时排队离开舍列梅季耶夫庄园，飞北方了，真是愚蠢。亚历山大·谢苗诺维奇闷闷不乐，整整一天都在打电话，急于和县城格拉乔夫卡取得联系。县里答应过两天给亚历山大·谢苗诺维奇派两个宣讲员，宣讲两个题目——国际形势和禽蛋公司。

晚上又出怪事。如果说早晨树林沉寂，十分清楚地表明无声无息的树林是多么令人不安和不快，如果说中午农场院子的沉寂，是因为麻雀飞走，不知去向，那么傍晚舍列梅季耶夫庄园的池塘沉寂了，这可真是奇闻，因为方圆四十公里内，人人知道舍列梅季耶夫庄园有名的蛙鸣。现在，青蛙似乎死绝了。池塘里没有一丝声响，苔草静悄悄地站立着。应当承认，亚历山大·谢苗诺维奇的情绪坏到极点。人们开始议论这些怪事，而且是以最不愉快的方式——背着亚历山大·谢苗诺维奇。

“确实，这挺怪，”午餐时，亚历山大·谢苗诺维奇对妻子说，“我不明白，这些鸟干吗飞走？”

“我怎么知道？”玛尼娅回答，“也许是怕你的光？”

“咳，玛尼娅，你是大傻瓜，”亚历山大·谢苗诺维奇说，扔下汤匙，“你跟乡巴佬一样。这跟光有什么相干？”

“我不知道。别来问我。”

晚上，出了第三桩怪事：末尾村的狗又叫了，还那么惨烈！月光融融的田野上空回荡着一刻不停的狂吠，凶恶而又痛苦的哀号。

不过，另一桩怪事使亚历山大·谢苗诺维奇稍稍感到宽慰，那是一桩愉快的，具体地说，发生在暖房里的怪事。仪器里的红蛋开始发出持续不断的啄壳声。笃……笃……笃……笃……忽而这只蛋，忽而那只蛋，忽而又是另一只蛋。

蛋里的啄壳声对亚历山大·谢苗诺维奇来说，无异于胜利的乐曲。顷刻间，树林和池塘里的种种怪事被忘得一干二净。大家都在暖房里：玛尼娅，杜尼娅，看门人，把枪留在门口的警卫。

“嗨，怎么样？你们还有什么说的？”亚历山大·谢苗诺维奇得意地问。大家好奇地把耳朵凑到第一台仪器的两扇小门上。

“这是小鸡啄壳，小鸡，”亚历山大·谢苗诺维奇容光焕发，又说，“我孵不出小鸡，你们还敢说吗？不，我亲爱的同志们，”他忘形地拍拍警卫肩膀，“我孵出的小鸡能让你们吓一跳。现在我得加倍留神，”他严厉地补充说，“小鸡一出壳，马上叫我。”

“好。”看门人、杜尼娅和警卫齐声回答。

笃……笃……笃……第一台仪器里响个不停，忽而这只蛋，忽而那只蛋。确实，眼前这种在薄薄的透光的蛋壳里诞生新生命的景象非常有趣。大家在翻转的空箱上又坐了好久，望着闪烁的神秘灯光中深红的蛋渐渐成熟。他们回家睡觉时已经相当晚了，农场和周围上空一片浅绿的夜色。夜色是神秘的，甚至可以说是恐怖的。因为末尾村不时无缘无故地响起撕心裂肺的狗吠，破坏了它的沉寂。这些该死的狗干吗狂叫——谁都不知道。

早晨，等待亚历山大·谢苗诺维奇的，是个不快的消息。警卫一脸尴尬，两手按在心口上，发誓，赌咒，说他一夜未睡，但是什么也没看见。

“不明白是怎么回事，”警卫诚恳地说，“反正跟我无关，罗克同志。”

“谢谢您，打心眼里感谢您，”亚历山大·谢苗诺维奇阴阳怪气地责备，“您是怎么想的，同志？干吗派您站岗？让您看着。请您告诉我，小鸡去了哪儿？小鸡不是出壳了？这么说，逃了。这么说，您让门敞着，自己跑开了。给我把小鸡找回来！”

“我哪儿也没去。难道我不知道自己的任务？”士兵终于生气了，“您怎么平白无故地训人，罗克同志！”

“小鸡去了哪儿？”

“凭什么我得知道，”士兵火了，“难道我是来管小鸡的？干吗派我站岗？让我看着，别让人把仪器偷走，我尽责了。瞧，仪器在这儿。替您逮小鸡按规定不是我的责任。谁知道您孵出的是什么小鸡？也许，您的小鸡骑自行车都逮不住！”

亚历山大·谢苗诺维奇一时语塞，接着又嘟嘟哝哝说了些什么，他深感惊愕。事情确实奇怪。最早装蛋的第一台仪器里，靠近光尾的两只蛋已经破了，其中一只甚至滚到了边上。蛋壳都在石棉底板上的光里。

“见鬼，”亚历山大·谢苗诺维奇自言自语，“窗关着，小鸡总不会穿越屋顶飞走吧！”

他抬起头，看了看玻璃棚顶，那儿有几个宽大的窟窿。

“瞧您说的，亚历山大·谢苗诺维奇，”杜尼娅诧异了，“小鸡哪会飞呢。他们准是躲在这儿的什么地方……喔喔……喔喔……喔喔……”她一面呼唤，一面探头探脑地往堆放尘封的花盆、木板和什物的角落里张望。无论哪里都没有小鸡的影子。

几乎两个小时，全体职员都在农场院子里寻找两只灵活的小鸡，然而一无所获。上午在极度混乱中过去了。看守仪器的，除了警卫，又加了看门人，并对他下了极严的命令：每隔十五分钟从监视孔里观察一次，一有动静，立刻报告亚历山大·谢苗诺维奇。警卫愁眉苦脸地坐在门边，步枪夹在两腿间。亚历山大·谢苗诺维奇忙得团团转，直到下午一点多才用午餐。午餐后，他在凉快的树荫里，躺在原先舍列梅季耶夫的卧榻上睡了一小时。喝过农场里加糖的克瓦斯，他又去了暖房，这才相信那儿一切正常。看门老头儿趴在粗席上眼睛眨巴眨巴地盯着第一台仪器的监视孔。警卫没睡，守在门边。

不过也有新鲜事：最后装蛋的第三台仪器出现了怪里怪气的声音，似乎蛋里有什么在哭泣。

“嗨，这就出壳，”亚历山大·谢苗诺维奇说，“这就出壳。这下我看见了。你看见了？”他问看门人。

“对，不得了。”看门人晃着脑袋，绝对是模棱两可的语气。

亚历山大·谢苗诺维奇在仪器旁蹲了一会儿，但是没有小鸡出壳。他站起来，活动活动腿脚，宣布他不离开庄园，只是去池塘洗澡，万一有什么情况，立刻叫他。他跑进宫殿，直奔寝室，那里放着两张被褥揉皱的弹簧单人床，地板上摊着一堆青苹果和几堆准备用作小鸡饲料的黍米。他拿起毛茸茸的浴巾，稍加思索，又带上长笛，打算浴后面对镜子般的池水吹上一曲。他神气地跑出宫殿，穿过农场院子，沿着柳树成荫的小路朝池塘走去。罗克神气地走着，挥动浴巾，腋下夹着长笛。天空透过柳树枝叶喷吐暑气，身体在呻吟，急于钻进水里洗澡。罗克右边出现一片牛蒡，他打边上经过，往牛蒡吐了口痰。重重叠叠的枝叶深处立刻响起沙沙的声音，像是有人在拖一根原木。亚历山大·谢苗诺维奇心里一惊，朝草丛回过头，惊讶地查看了一阵。池塘已经两天没有任何声响。沙沙声沉寂，牛蒡后面闪耀着诱人的池水和更衣室灰色的屋顶。几只蜻蜓在亚历山大·谢苗诺维奇面前倏地飞过。他刚想转身朝木桥走去，不料草丛里重又响起沙沙声，还伴有短促的咝咝声，仿佛机车渗出机油，排放蒸气。亚历山大·谢苗诺维奇警惕了，开始仔细查看围墙般密不通风的草丛。

“亚历山大·谢苗诺维奇，”传来罗克妻子的声音，她的白色短上衣一闪，不见了，接着又在悬钩子丛里一闪，“等等，我也去洗澡。”

妻子朝池塘跑去，但亚历山大·谢苗诺维奇什么也没回答，全神贯注地看着草丛。一根浅灰中夹杂橄榄绿的原木从草丛中升起，眼看着不断长高。亚历山大·谢苗诺维奇觉得，原木上不知怎的布满湿漉漉的黄色锈斑。原木挺立着，扭动着，颤抖着，最后居然高高地超过了低矮弯曲的柳树……接着，原木顶端折转，朝下稍稍一弯，在亚历山大·谢苗诺维奇的上空，出现了如同莫斯科电线杆那样高大的怪物。只是这怪物比电线杆粗两倍，因为有鳞状的花纹又比电线杆漂亮许多。亚历山大·谢苗诺维奇还没明白，但手脚已冰凉。他望着可怕的电线杆的顶端，足足有几秒钟心脏停止跳动。他觉得寒流突然袭击了这八月的日子。眼前一片昏黑，就像他透过夏裤望着太阳。

原木顶端原来是头。这头扁平，呈三角形，橄榄绿的鳞皮上有一块圆圆的黄斑，没有眼皮的阴森森的小眼睛嵌在头顶上。眼睛里闪烁着从未见过的凶恶。头做了一个仿佛吸气的动作，电线杆重又缩进草丛，只有一对眼睛露在外面，眨也不眨地望着亚历山大·谢苗诺维奇。后者一身黏黏的汗，稀里糊涂地说了句不可思议的疯话，因为绿草丛中的这对眼睛实在太美。

“这是开什么玩笑……”

随后他想起江湖术士……对……对……印度……一只箩筐，一幅画……嘴里念念有词。

头重又摇曳而起，重又露出身体。亚历山大·谢苗诺维奇把长笛凑到嘴边，随着一声沙哑的呻吟，气喘吁吁地吹起《叶甫盖尼·奥涅金》中的华尔兹舞曲。绿草丛中的眼睛立刻燃起对这部歌剧不共戴天的仇恨。

“你真犯傻，热辣辣的太阳下吹什么呀？”传来玛尼娅快乐的声音，亚历山大·谢苗诺维奇从眼梢上瞥见，右面什么地方有个白点。

随后，一声惨叫响彻整个农场，传向四方。华尔兹忽高忽低，似乎断了一条腿。绿草丛中的头朝前猛地一伸，头上的眼睛已经不看亚历山大·谢苗诺维奇，饶了他一命。一条足有十米长、一人宽的蛇弹簧似的蹿出草丛。路上顿时尘土飞扬。华尔兹舞曲停止。蛇打场长身边经过，径直朝路上的白色短上衣游去。罗克看得一清二楚：玛尼娅吓得脸色白里泛黄，半俄尺[①]的长发像铅丝一样根根竖起。蛇当着罗克的面，猛地张开嘴巴，吐出叉子般的芯子，牙齿咬住尘埃中瘫倒的玛尼娅的肩膀，叼着她离地半米。玛尼娅重又发出临死的惨叫。蛇把十米长的身体卷成螺旋状，尾巴搅起一股旋风，开始挤压玛尼娅。后者再也没有声音，

---

① 一俄尺等于 0.71 米。

罗克只听到她的骨头噼啪断裂。玛尼娅的头高高昂起，温柔地依偎着蛇的面颊。玛尼娅嘴里喷出一股鲜血。飞下一只断手，指尖喷泉似的洒下鲜血。随后蛇松开两颌，张着血盆大口，吞噬玛尼娅的头，像手套套手指似的把她慢慢套住。蛇灼热的呼吸向四面扩散，气浪甚至冲到罗克脸上，蛇尾在呛人的尘埃中险些把他扫下路面。转眼间，罗克的头发全白了。他靴子般乌黑的脑袋，先是左面，再是右面，全都染上银霜。他翻肠倒肚地呕吐，终于离开小路飞奔起来。他什么也看不见，疯狂的哭声响彻田野……

Ⅸ　乱哄哄的蛇窝

国家政治保卫局驻杜吉诺车站的特工休金是个非常勇敢的人。他思索着对搭档、红发的波莱季斯说："怎么样，走一趟，啊？把摩托车推出来。"沉默片刻后，转而对坐在长凳上的人说："把长笛留下。"

长凳上白发、哆嗦的汉子，即使到了杜吉诺保卫局也不肯放下长笛，反而哭了，像牛叫似的说着什么。于是休金和波莱季斯明白，得把长笛夺下。手指和笛子黏住了。休金力大，跟马戏团演员差不多，硬是把手指一一掰开。长笛被放到桌上。

这是玛尼娅惨死的第二天早晨。阳光灿烂。

"您跟我们一起走一趟，"休金对亚历山大·谢苗诺维奇说，"带我们看看是什么地方，什么玩意。"罗克吓得赶紧躲避，双手掩面，仿佛躲避恐怖的幽灵。

"得带我们看看。"波莱季斯严厉地加了一句。

"不，不要逼他。瞧，他吓坏了。"

"送我去莫斯科。"亚历山大·谢苗诺维奇哭着哀求。

“您再也不回农场了？”

罗克没回答，重又双手掩面，眼睛露出恐惧。

“好吧，”休金决定，“您确实不能去……我看。现在快车就要开了，您就乘这趟车走。”

车站看门人给亚历山大·谢苗诺维奇喝水，豁口的蓝口杯在他打战的牙齿间咯咯直响。这时，休金和波莱季斯商议了一会儿。波莱季斯认为没事，无非罗克患有精神病，他产生了可怕的幻觉。休金猜测，那是从县城格拉乔夫卡逃出来的蟒蛇，因为眼下有个马戏团在那里巡回演出。听到他们悄悄表示怀疑，罗克欠身站起来。他稍稍恢复常态，仿佛《圣经》里的先知，摊开双手说：

“听我说。听我说。你们凭什么不相信我？本来她在。可现在呢，我老婆在哪儿？”

休金沉默了，满脸严肃，立即给格拉乔夫卡发了电报。另一名特工按休金的安排，一步不离地守着亚历山大·谢苗诺维奇，还将护送他去莫斯科。休金则和波莱季斯一起准备探险。他们只有一支电子手枪，但足以防身。这种一九二七年型号的五十发手枪，法国近战技术的骄傲，射程仅一百步，但杀伤面积为直径两米，在此范围内可以一枪击毙任何生命。几乎不会失误。休金挂上闪闪发光的电子玩具，波莱季斯带了一支普通的二十五发轻机枪和几盒子弹，同乘一辆摩托车，沿着晨露晶莹、凉风习习的公路朝农场驶去。摩托车嗒嗒嗒嗒驶完从车站到农场的二十俄里[①]，用时十五分钟（昨天罗克因为极度恐惧，常常躲进路边草丛，走了整整一夜）。太阳开始火辣辣地灼人，这时，通河环绕的土冈上，出现了绿树掩映的白色圆柱宫殿。周围一片死寂。农场门口的路上，两名特工超越了一个赶大车的农民。大车满载沉甸甸的袋子，不紧不慢地走着，不一会儿便远远地落在了后面。摩托车驶过木桥，波莱季斯按响喇叭，打算叫出什么人来，但哪里都没应声，除了远处末尾村几条狗的狂吠。摩托车放慢速度，驶近摆着一对锈蚀铜狮的农场大门。两名扎着黄色护腿的特工，风尘仆仆地下了摩托车，用链条把车锁在栅栏上，走进院子。寂静使他们震惊。

“喂，这儿有人吗？”休金响亮地喊。

他的低音传得很远，但没人应声。两名特工绕宫殿走了一圈，越来越奇怪。波莱季斯满脸阴沉。休金开始认真观察，两道浅色眉毛越拧越紧。他们从打开的玻璃窗里看了看伙房，发现里面一个人也没有，但满地都是盘子的白色碎片。

“你瞧，他们这儿真出事了。现在我信。灾难。”波莱季斯说。

“喂，这儿有人吗？喂！”休金喊，但回答他的只有伙房拱顶下的回声。

“见鬼！”休金嘟哝，“这蛇总不会一下子把他们全吞了。要不都逃跑了。咱们进屋看看。”

---

① 一俄里等于 1.06 公里。

带圆柱回廊的宫殿敞着大门，里面空空荡荡。两名特工一直闯到阁楼上，把所有的门都敲了，打开了，但一无所获。他们重又穿过死寂的门廊，来到院子里。

“咱们兜一圈。先去暖房，”休金吩咐，“搜一搜，完了打个电话回去。”

两名特工沿着砖砌小路，经过花坛，朝后院走去。穿过后院，看见暖房熠熠生辉的玻璃墙。

“慢！”休金悄悄说，从腰间拔出手枪。波莱季斯警觉起来，旋即取下机枪。暖房里和暖房后面的什么地方，传出一种可怕而又非常刺耳的声音，就像机车排放蒸汽。咋呜——咋呜……咋呜——咋呜……咝——咝——咝——咝——咝……暖房咝咝作响。

“嗯，小心。”休金耳语说。两名特工尽量不让鞋跟发出声音，走近玻璃墙，朝暖房里张望。

旋即，波莱季斯朝后一仰，脸色惨白。休金张开嘴巴，握着手枪呆住了。

整个暖房就像乱哄哄的蛇窝。一条条巨大的蟒蛇有的盘曲，有的伸展，咝咝叫着，摇头晃脑，在暖房泥地上游动，破蛋壳散乱一地，在蟒蛇身体下咯咯作响。棚顶上亮着白森森的强光球形灯，暖房的一切都被这拍电影似的怪异灯光照亮。地上立着三只照相机模样的黑色大箱子，其中两只被移动了位置，歪斜着，灯光熄灭，但第三只箱子里亮着不大一圈深红色灯光。大大小小的蛇爬在电线上、门窗上，从棚顶的通风口里钻出暖房。球形灯上缠着一条几米长的黑斑蛇，脑袋像钟摆似的在球形灯旁摇来晃去。几条响尾蛇咝咝作响。暖房散发出一股怪异的池塘淤泥的腐臭。两名特工还依稀看见暖房尘封的角落里，有几堆白色的蛋，仪器旁一动不动地躺着一只怪异的长腿大鸟，门边有一具穿灰衣的尸体，旁边是支步枪。

“撤！”休金喊，旋即开始后撤，左手推着波莱季斯，右手举起手枪。他一连扣了九次扳机，子弹咝咝叫着，在暖房附近划出一道浅绿的闪光。咝咝声可怕地响亮起来。作为对休金这一连射的回答，整个暖房疯狂了，扁平的脑袋在所有窟窿里频频闪动。枪声立刻响彻整个农场，墙上溅出一簇簇火星。哒——哒——哒——哒，波莱季斯一面射击，一面后撤。背后传来可怕的四脚爬行的沙沙声。波莱季斯突然一声惨叫，仰面倒下。一只四脚外撇的褐绿怪物，长着一副又大又尖的丑脸，拖着又长又扁的尾巴，仿佛巨型蜥蜴，从板棚角落后面爬出，恶狠狠地一口咬住波莱季斯的腿，把他摔倒在地。

“救命！”波莱季斯大叫，旋即他的左手掉进怪物的嘴巴，咯吱一声断了，他想抬起却没能抬起的右手，只是拖着机枪在地上画了一道印痕。休金一看，急得手忙脚乱。他打了一枪，但怕误伤伙伴，偏了。第二枪他是朝暖房方向打的，因为从许多不大的蛇头中，突然冒出一条橄榄绿的蟒蛇，朝他蹿来。他击毙蟒蛇，重又围着被鳄鱼咬得半死的波莱季斯跳来跳去，选择既能打死鳄鱼，又不伤害特工的最佳位置。终于，他成功了。电子枪砰砰两声，浅绿色的闪光顿时照亮了周围的一切。鳄鱼猛地一跳，直挺挺地死了，松开波莱季斯。鲜血从他袖子里、嘴里流出。他用没受伤的右手一撑一撑地使劲，脱出咬断的左腿，他的眼睛渐渐暗淡。

“休金……快跑！”他呜咽着说。

休金又朝暖房方向打了几枪，那里飞出几块碎玻璃。不料一条弹簧似的蟒蛇，橄榄绿的，极其灵活，从后面地下室的窗子里蹿出，五米来长的身体滑过院子，一刹那缠住休金的双腿。他摔倒在地，闪闪发光的手枪掉到边上。休金一声大叫，断气了，随后一个又一个圈圈裹住他的整个身体，外面仅仅露着脑袋。旋即圈圈围上脑袋，揭掉头皮，脑袋立时四分五裂。此后，农场里没再听到枪响。铺天盖地的咝咝声压倒一切。回答它的只有远处未尾村随风飘来的号叫，但现在已经无法分辨这是什么叫声，狗的还是人的。

X　灾难

《消息报》夜班编辑室里，亮着明晃晃的球形灯，一个胖胖的责任编辑，在铅色的桌上安排第二版“联盟各地”专栏几条电讯的版面。一条清样映入他的眼帘。他透过夹鼻眼镜仔细一看，不禁大笑。他把校对室的几个校对和一个拼版工叫到身边，让大伙儿看了清样。潮乎乎的狭长纸片上印着：

> 斯摩棱斯克省。格拉乔夫卡。县里发现一只母鸡，有马那么大，还踢人，尾巴上长着资产阶级太太插戴的羽毛。

排字工们笑得前仰后合。

“从前我在《俄国言论》瓦尼亚·瑟京手下干活，”嗓音浑厚的责任编辑嘻嘻笑着说，“有人喝醉了，不认识大象。真事。现在准是不认识鸵鸟。”

排字工们哈哈大笑。

“对，鸵鸟，”拼版工说，“怎么，放上去，伊凡·沃尼法季耶维奇？”

“哪能呢，你疯了，”责任编辑回答，“真怪，秘书怎么通过的——发稿人简直在发酒疯。”

“喝多了，没错。”排字工们一致同意。拼版工从桌上撤了有关鸵鸟的电讯。

因此第二天出版的《消息报》，尽管与平时一样，刊有五花八门的消息，但丝毫没有涉及格拉乔夫卡的鸵鸟。天天看《消息报》的编外副教授伊凡诺夫，在自己实验室里合拢报纸，打个哈欠说“没意思”，开始穿白大褂。不一会儿，实验室里燃起喷灯，响起呱呱的蛙鸣。但佩尔西科夫教授的实验室里一片混乱。心惊胆战的潘克拉特站着，两手贴住裤缝。

“明白……您请吩咐。”他说。

佩尔西科夫把一份火漆封口的公函交给他说：

“你直接去畜牧处找这个普塔哈处长，直接告诉他，他是猪。告诉他，这是我佩尔西科夫教授说的。再把这份公函交给他。”

“美差……”脸色惨白的潘克拉特想，带着公函走了。

佩尔西科夫大发雷霆。

“鬼知道怎么回事，”他气冲冲地说，在实验室里走来走去，搓着两只戴手套的手，“这是对我，对动物学的肆意嘲弄。这些该死的鸡蛋一批批运来，而我要的东西，两个月都拿不到。好像美国远在天边！混乱，荒唐，没完没了！”他开始掰着指头算日子，“找蛋……嗯，最多十天，嗯，行——算十五天……嗯，行，算二十天，飞机运到伦敦两天，从伦敦运到柏林一天……从柏林运到我们这儿六小时……简直岂有此理……”

他火气十足地扑向电话，开始给什么地方打电话。

他的实验室已为一项神秘而又异常危险的实验做好一切准备，放着用来封门的裁好的封条，几顶有输气管的潜水帽和几只仿佛水银似的闪闪发光的煤气瓶，上面贴着“化工公司出品”“严禁碰撞”之类的标签和一张毒品标志——骷髅加上交叉的白骨。

至少得三小时教授才会平静，转而从事琐碎的工作。这次也一样。他在研究所里一直待到晚上十一点，因此奶油色围墙外发生的事情，他一无所知。闹得莫斯科满城风雨的什么蟒蛇传闻也好，报童高声叫卖的晚报上的古怪电报也好，他都没有听说。那天伊凡诺夫副教授恰巧在艺术剧院看《费奥多尔·约安诺维奇》，这样，也就没人能把新闻告诉教授。

午夜，佩尔西科夫回到普列奇斯坚卡寓所，躺到床上，临睡前还读了伦敦寄来的《动物学通报》上的一篇英语论文。他睡了，熙熙攘攘直到深夜的莫斯科也睡了，没睡的只有特维尔街院子里的灰色大楼，《消息报》的转轮印刷机隆隆作响，震动整幢建筑。责编办公室里极其忙乱。他火气十足，两眼通红，急得跑来跑去，不知该怎么办，恶狠狠地骂了所有人。“真他妈的见鬼。”拼版工跟在他后面，喷着酒气说：

“那有什么，伊凡·沃尼法季耶维奇，没关系，让他们明天早上出号外。总不能把报纸从机器上撤下来。”

排字工们没有回家，不是三五成群游荡着，便是挤在一起看电报。现在电报整夜不断，每隔十五分钟就是一份，一份比一份可怕，一份比一份荒唐。阿尔弗雷德·布朗斯基的尖顶礼帽在印刷厂刺眼的玫瑰色灯光中时隐时现，装假肢的胖子一瘸一拐，咯噔咯噔地跑东跑西。报社大门响个不停，整夜都有记者赶来。印刷厂十二架电话一刻不停地往外打。总机几乎机械地对神秘的话筒报以同样的回答，“占线”“占线”。通宵值班的几位小姐面前，信号装置不停地歌唱，歌唱。

排字工们团团围住装假肢的胖子，远洋轮船长说：

“得派飞机把煤气运去。”

“不派不行，”排字工们回答，“这号邪门事。”接着空气中滚过一串极难听的粗话，不知谁的尖利嗓子大叫：

“这个佩尔西科夫应当枪毙。”

“这和佩尔西科夫什么相干，”人群中有人说，“农场里那个狗崽子应当枪毙。”

“应当有人看守。”不知谁在喊。

“也许，这根本就不是鸡蛋。”

整幢大楼都在印刷机转轮的转动中战栗、轰鸣，给人的印象是这幢灰色丑陋的大楼在灯火中熊熊燃烧。

第二天天亮，大火非但没有停止，反而越烧越烈，虽然电灯已经熄灭。摩托车和汽车一辆接一辆驶进柏油院子。莫斯科起床了，白色的报纸立刻像鸟一样飞满街头巷尾，在人们手里沙沙作响。不到十一点，报纸已经售罄，尽管这个月《消息报》的发行量高达一百五十万份。佩尔西科夫教授从普列奇斯坚卡出来，乘公共汽车到研究所。所里有新闻在等他。前厅里放着三只整整齐齐钉了铁皮的木箱，木箱上贴满德语标签，凌驾于它们之上的是一行粉笔写的俄国字，“小心轻放——蛋”。

教授欣喜若狂。

“总算来了，”他大叫，“潘克拉特，马上开箱，小心，别把蛋打了。搬到我实验室去。”

潘克拉特立刻执行命令。十五分钟后，满地木屑和纸条的实验室里响起教授暴跳如雷的吼声。

“他们干什么，作弄我还是怎么的，”教授大喊大叫，忽而挥舞拳头，忽而拿起鸡蛋在手里转着，“这是坏事的畜生，不是普塔哈[1]。我决不允许人家拿我开心。这是什么，潘克拉特？”

“蛋呗。”潘克拉特哭丧着脸回答。

“鸡蛋，懂吗，鸡蛋，见鬼！我要鸡蛋干什么？让他们把鸡蛋运到农场去给那个混蛋。”

佩尔西科夫朝角落里的电话跑去，但没来得及打。

“弗拉基米尔·伊帕季耶维奇！弗拉基米尔·伊帕季耶维奇！”研究所走廊里响起伊凡诺夫的喊声。

---

① 普塔哈，意为小鸟。

佩尔西科夫返身离开电话，潘克拉特闪到边上，给编外副教授让路。伊凡诺夫跑进实验室，一反平时的绅士风度，没摘后脑勺上的灰色礼帽，手里拿着报纸。

“弗拉基米尔·伊帕季耶维奇，您知道出了什么事？”他喊着，把《紧急号外》在佩尔西科夫面前一扬，《号外》中央印着一张色彩鲜艳的照片。

“不，您听我说，他们都干了什么，”佩尔西科夫听也不听，吼叫着回答，“他们居然想让我见识鸡蛋。这个普塔哈是十足的白痴，您瞧！”

伊凡诺夫呆住了。他一脸恐惧，怔怔地看看打开的箱子，又怔怔地看看报纸，眼睛几乎从脸上跳出来。

“原来是这样，”他气喘吁吁地说，“这下我明白了……不，弗拉基米尔·伊帕季耶维奇，您一定得看。”他倏地打开报纸，伸出颤抖的手给佩尔西科夫指了指彩色照片。照片上仿佛可怕的消防带，盘着一条橄榄绿中杂有黄斑的蛇，周围是一片古怪模糊的草丛。照片是在蛇上空谨慎滑过的小飞机上俯拍的。“您说这是什么，弗拉基米尔·伊帕季耶维奇？”

佩尔西科夫把眼镜推到前额上，随后又把眼镜拉回原处，盯着照片，诧异莫名：

“这是什么鬼东西。这是……对，这是森蚺，南美洲的水生蟒蛇……”

伊凡诺夫甩掉帽子，跌坐在椅子上，用拳头敲着桌子一字一顿地说：

“弗拉基米尔·伊帕季耶维奇，这条森蚺产于斯摩棱斯克省。真是太可怕了。您明白吗，这个混蛋孵出的不是鸡，是蛇。您得明白，它们繁殖极快，就像青蛙！”

“什么？”佩尔西科夫说，脸涨成猪肝色，“您开玩笑，彼得·斯捷潘诺维奇……您打哪儿知道的？”

伊凡诺夫一时语塞，随后恢复了语言能力，指着打开的箱子里稍稍露出木屑的白色鸡蛋说：

“就打这儿。”

“什——么？！”佩尔西科夫渐渐开窍。

伊凡诺夫满有把握地挥着拳头大叫：

“毫无疑问，他们给农场运去了您订的蛇蛋和鸵鸟蛋，又稀里糊涂地给您运来了鸡蛋。”

“我的上帝……我的上帝！”佩尔西科夫一迭连声地说。他脸色发青，慢慢坐到转凳上。

站在门口的潘克拉特完全吓呆了，脸色惨白，一句话也没有。伊凡诺夫跳起来，抓起报纸，用尖尖的指甲在一行字下画了画，对着教授耳朵喊：

“这下子够他们热闹的！……结果怎样，我根本没法想象。弗拉基米尔·伊帕季耶维奇，您瞧，”他大声念出在皱巴巴的报纸上胡乱看到的地方，“蛇成群结队地朝莫扎伊斯克方向游动……产下无穷无尽的蛇蛋。杜霍夫县也发现蛇蛋……出现鳄鱼和鸵鸟。特种部队……和国家保卫局下属部队点燃维亚济马郊外森林，挡住蛇的入侵后，制止了市区的混乱……”

佩尔西科夫的脸变成杂色的，青一块，白一块。他瞪着疯狂的眼睛，从凳子上站起来，气喘吁吁地大叫：

“森蚺……森蚺……水生蟒蛇！我的上帝！”他这副模样，无论伊凡诺夫，无论潘克拉特，都未见过。

教授一把摘掉领带，扯下衬衫扣子，满脸通红，眼睛发直，摇摇晃晃冲出去。惨叫声传向研究所石头拱顶底下的每个角落。

“森蚺……森蚺……”响起回声。

“抓住教授！”伊凡诺夫对吓得直跺脚的潘克拉特吼叫，“拿水来……他中风了。”

XI 战斗和伤亡

莫斯科灯火通明，一片疯狂。所有的电灯都亮着，甚至居民住宅里，也没有哪个地方不是明晃晃地亮着摘去灯罩的电灯。四百万人口的莫斯科，除了不懂事的孩子，家家户户没人睡觉。家家户户没有心思用餐，没有心思喝茶。家家户户都有人在大声喊叫，每时每刻都有许多惊恐万状的脸，从各层楼面的窗口中探出来，张望被探照灯切割得支离破碎的夜空。空中不时闪出白晃晃的灯光，把逐渐暗淡的光柱投向莫斯科，又慢慢消失、熄灭。天空不断回荡着低低的飞机轰鸣声。特维尔－亚玛街的景象尤其可怕。亚历山大车站每隔十分钟就有一列由货车车厢和各种等级的客车车厢，甚至由油罐车胡乱组成的列车到站，里里外外挤满疯狂的难民。乱哄哄的人群涌上特维尔－亚玛街，挤进公共汽车，爬到电车顶上，相互挤压，甚至跌倒在车轮下。车站上常有令人不安的尖利枪声掠过人群上空——部队正在制止铁路上从斯摩棱斯克省逃来莫斯科的疯狂难民所造成的混乱。车站上常常随着疯狂的呜咽飞出挤碎的窗玻璃，所有机车都在吼叫。所有街道上都是被扔掉和被踩坏的告示，同样的告示在火红的反光灯下从墙上望着街道。告示内容大家已经知道，因此没人再看。告示宣布莫斯科进入战时状态，肇事者将受严惩；并且通报市民，装备瓦斯的红军队伍现正络绎不绝地开往斯摩棱斯克省。但它未能平息夜间的喧嚣。居民住宅里有人失手打碎餐具和花瓶，有人磕磕碰碰地奔跑，有人把包裹和箱子一遍遍打开扎好。他们全都抱着挤进卡兰契夫广场、挤进雅罗斯拉夫或者尼古拉耶夫车站的奢望。唉，事实上所有通往北方和东方的车站已经被密集的步兵队伍团团围住，一辆辆装满箱子的重型卡车摇晃着叮当作响的铁链，由坐在箱子顶上、头戴尖顶盔帽、刺刀对着各个方向的士兵护送，把财政人民委员部地下室的储备金币和标有“小心轻放 特列季亚科夫美术馆”字样的大箱子运往车站。卡车吼叫着，在莫斯科街道上来回奔驰。

遥远的天际抖动着大火的反光。八月浓重的夜色在清晰可闻的隆隆炮声中摇晃。

凌晨，没有熄过一盏灯的无眠的莫斯科迎来了长蛇形的骑兵队伍，千万只马蹄踩着木砖路面，沿着特维尔街的坡道上行，把街上的一切赶进楼房的门洞，挤到商店橱窗前，以致撞碎了玻璃。深红的围巾帽帽耳在灰色的脊背上晃动，长矛的矛头刺破蓝天。四散奔逃、狂呼乱叫的市民，看到奋勇向前、在疯狂的人流中强行开路的队伍，似乎顿时恢复了信心。人行道上开始满怀希望地高呼口号。

“骑兵万岁！”女人们狂热地呼喊。

“万岁！”男人们响应。

“别挤！！……别挤……”有人惨叫。

“救命！”人行道上人们喊叫。

香烟、银币、手表从人行道上飞进骑兵队伍。有些女人下到车行道，冒着粉身碎骨的危险，跌跌撞撞地走在骑兵队伍旁边，抓住马镫频频亲吻。千万只马蹄的踩踏声中偶尔可以听到排长洪亮的口令：

“收紧缰绳。”

不知哪儿在唱歌，歌声欢快而又豪放。马背上，无数戴着深红帽子的人在抖动的霓虹灯光中望着周围。一队队面部袒露的骑兵间，常常夹有装备怪异的特种骑兵，他们戴着怪异的面具，输气管连着背后用皮带系住的氧气筒。特种骑兵后面行进着大型油罐车，车上装有仿佛救火车用的长长的水龙带，行进着舱盖紧闭、外面仅仅露着枪眼、重量足以压碎铺路木砖的履带式坦克。行进在骑兵队伍间的还有装上密封的灰色钢甲、外面竖着输气管的汽车，车身两边标着白色骷髅和两行大字，“瓦斯”“化工公司出品”。

“救救我们，弟兄们，”人行道上喊叫，“消灭蟒蛇……救救莫斯科！”

“保卫祖国……保卫母亲……”阵阵声浪滚过队伍。一包包香烟在夜空的灯光中飞舞，马背上傻笑的士兵露出洁白的牙齿。

队伍中响起低沉而又揪心的歌声：

……不是A，不是Q，不是J，
打蛇英雄是我们，
单侧四花一张牌[①]，
你们统统都完蛋……

雷鸣般的“乌拉”声在这喧闹的人海上升起，因为有消息说，骑马走在队伍前面，戴着和战士一样的深红帽子，上了年纪、头发花白的骑兵大部队指挥官，正是十年前的传奇英雄。群情激昂，响彻云霄的欢呼声稍稍宽慰了慌乱的人心：“乌拉……乌拉……”

研究所沉浸在暗淡的灯光里。传到这里的只是事态一些零星、模糊和低沉的回声。有一次，驯马场附近火红的大钟下，响起一阵排枪，这是就地枪决企图撬窃伏尔洪街居民住宅的歹徒。街上车辆稀少，它们几乎全部集中在几个火车站周围。教授实验室里仅仅亮着一盏台灯，暗淡的灯光照在写字台上。佩尔西科夫默默坐着，两手支着脑袋，周围漂浮着层层烟雾。仪器里的灯光灭了。饲养箱里的青蛙无声无息，都在睡觉。教授既不工作，也

---

① 一种以牌点计算胜负的扑克游戏，拿到“10”或“9”即单侧四花，便赢。

不看书。他的左肘下压着晚报，其中一个狭长的栏目里登了几条电讯。据说斯摩棱斯克一片火海，炮兵正对莫扎伊斯克的森林进行地毯式炮击，以便炸毁所有产于积水沟壑中层层叠叠的鳄鱼蛋。据说空军大队在维亚济马郊区取得巨大成功，施放的瓦斯几乎遍及全县，但该县境内人员死亡不计其数，原因在于居民没有妥善疏散，撤离县城，反而在一片惊慌中自行其是，乱窜乱逃。据说来自高加索的一个骑兵师在莫扎伊斯克方向打了漂亮的大胜仗，全歼鸵鸟，捣毁大批鸵鸟蛋，与此同时，该师几乎没有遭受任何损失。政府宣布万一部队失利，蛇群进入离首都二百俄里的地区，首都将有条不紊地疏散。公务人员和工人务必保持绝对镇静。政府将采取最严厉的措施，确保斯摩棱斯克事件不再重演。这一事件是居民在几千条响尾蛇的突然袭击下，出于恐慌，丢下生火的炉子，仓皇逃窜所造成的，致使全市起火。据说莫斯科的粮食至少可以供应半年，据说总司令列席了市苏维埃会议，会议认为居民住宅必须安装钢甲，为此采取了一系列紧急措施，在红军和空军大队无法阻挡蛇群进攻时，在首都街头展开巷战。

所有这一切教授看都没看。他睁着一双无神的眼睛望着自己前方，不停地抽烟。除了他，研究所里只有两个人：潘克拉特和不时伤心落泪的女管家玛丽娅·斯捷潘诺夫娜。她在实验室里已经度过三个不眠之夜，因为教授说什么也不愿离开自己唯一留下的那台关掉的仪器。现在玛丽娅·斯捷潘诺夫娜栖身在角落暗处的漆皮沙发上，愁闷地看着给教授喝的那壶茶，在煤气喷灯的三脚架上慢慢烧开。研究所里一片沉寂，事情来得非常突然。

人行道上忽然传来愤怒的喊声，玛丽娅·斯捷潘诺夫娜跳起来，一声尖叫。街上灯光闪耀，前厅里响起潘克拉特的声音。教授闹不清人们干吗嚷嚷，一刹那抬起头，自言自语地说："瞧那股疯狂劲……现在我有什么办法。"他重又陷入麻木，但为时不长。赫尔岑街上研究所的铁门开始乒乓乱响，墙壁震颤。接着隔壁实验室一排玻璃窗给打破了。教授实验室的窗玻璃也稀里哗啦掉落。从窗口飞进一块灰色鹅卵石，砸碎了桌子玻璃。饲养箱里青蛙闪到一边，呱呱乱叫。玛丽娅·斯捷潘诺夫娜奔来跑去，不停尖叫。她跑到教授面前，拉着他的手狂叫："快跑，弗拉基米尔·伊帕季耶维奇，快跑。"教授从转椅上站起来，挺直身体，把食指弯成钩子状，眼睛一刹那重又变得炯炯有神，使人不由想起原先那个才华横溢的佩尔西科夫。

"我哪儿也不去，"他说，"这简直愚蠢，东奔西逃，像疯子……要是莫斯科人全疯了，我能逃哪儿去。请您别叫。这和我有什么相干。潘克拉特！"他唤一声，按响电铃。

大概他想派潘克拉特去制止混乱。一般地说，他历来讨厌混乱。但潘克拉特已经无能为力。随着一阵巨响，研究所的大门被撞开，远远传来乒乒乓乓的枪声，接着研究所石头小楼里到处响起奔跑、叫喊和打碎玻璃的声音。玛丽娅·斯捷潘诺夫娜紧紧抓住佩尔西科夫的袖口，想拉他一起逃走。他挣脱了，挺起胸膛，穿着原先穿在身上的白大褂，到了走廊上。

“怎么回事？”他问。门打开了，门口首先出现的是左袖上戴红袖标、有颗星的军人的脊背。他一面后退，一面开枪，竭力阻挡挤进门来的疯狂人群。接着他转身朝佩尔西科久跑来，对他喊道：

“教授，逃命吧，我对付不了。”

回答他的是玛丽娅·斯捷潘诺夫娜的一声惨叫。军人跑过白色塑像似的佩尔西科夫身边，消失在乌黑弯曲的走廊尽头。人们闯进大门，喊叫着：

“揍他！往死里揍……”

“打死这个大坏蛋！”

“是你孵出了蟒蛇！”

扭歪的脸、撕破的衣服，潮水般沿走廊涌来。有人开枪。几条警棍上下挥舞。佩尔西科夫后退几步，关上实验室的门，吓得魂不附体的玛丽娅·斯捷潘诺夫娜跪在地上，张开两臂，像被钉上了十字架……他想把人群挡在门外，怒吼：

“这是发疯……你们是十足的野兽。你们要干什么？”他大喝一声：“滚！”旋即，下了众所周知的逐客令：“潘克拉特，把他们赶出去。”

但潘克拉特已经不能从命。潘克拉特头破血流，身上满是被人踩踏的脚印，一动不动躺在前厅里。源源不断的人群从他身边跑过，不顾街上民警的枪声。

一个矮子，长着猴子似的罗圈腿，穿着撕破的西装，撕破的歪斜胸衣，率先冲向佩尔西科夫，举起棍子，朝他头上狠狠打去。佩尔西科夫身体一晃，慢慢倒下，临终前还在呼唤：

“潘克拉特……潘克拉特……”

一无过错的玛丽娅·斯捷潘诺夫娜被打死在实验室里，身上血肉模糊，那台关着的仪器被砸成碎片。饲养箱遭受同样的命运，吓呆的青蛙不是被打死，便是被踩死。反光灯和玻璃台面无一幸免。一小时后，研究所燃起熊熊大火。外面马路上横着几具尸体，装备电子手枪的警察团团围着。救火车从消火栓里灌水，往所有吐出长长火舌的窗口喷射水柱。

XII 寒神飞车赶到

一九二八年八月十九日深夜，一场老土地们见所未见、闻所未闻的严寒，突然降临。严寒持续了两天两夜，温度降至零下18摄氏度。疯狂的莫斯科关上了所有的窗，所有的门。直到第三天，居民们恍然大悟：这场严寒拯救了首都和首都郊外无边无际的田野和村落，平息了一九二八年骇人听闻的灾难。骑兵军在莫扎伊斯克城下损失四分之三的兵力后，已经疲惫不堪，施放瓦斯的空军大队也未能挡住可恶的蛇群从西方、西南方和南方呈半圆形向莫斯科方向运动。

它们是被严寒冻死的。丑陋的蛇群经不住两天两夜零下18摄氏度的低温。八月二十日，当严寒散去，留下一片潮湿，一片弥漫在空中的阴冷，一片被突如其来的寒流冻得凋零的树叶。这时，已经无须交战。灾难结束。森林、田野、一望无际的沼泽里，虽然还堆积着许多杂色的蛋，有的蛋壳上布有本地从未见过，因而被失踪的罗克当成污秽的怪异花纹，但这些蛋绝对无害。它们已经死亡，蛋里的胚胎没有生命。

一望无际的土地上，还久久腐烂着无数鳄鱼和蛇的尸体，那是赫尔岑街一对天才的眼睛里诞生的神秘的光所造成的生命。但它们已经不再构成威胁，这些产于烈日炎炎的热带腐臭沼泽的脆弱动物，两天内全部死绝，在三个省辽阔的土地上留下可怕的恶臭、腐烂和脓水。

瘟疫久久流行，爬行动物和人的尸体引起的传染病久久流行。在很长一段时间里，军队还在行动，不过不是施放瓦斯，而是带着工兵器械、油罐车和水龙带，打扫地面。一九二九年冬去春来之际，地面打扫完毕，一切随之结束。

一九二九年春天，莫斯科重又灯光闪烁，一片辉煌，重又和原先一样，路上沙沙地行驶着各种车辆，基督教堂圆顶上空，挂着一弯仿佛用线系住的月牙。在一九二八年八月烧毁的研究所两层小楼的旧址上，造起了崭新的动物学宫殿，掌管这座宫殿的是编外副教授伊凡诺夫，佩尔西科夫已经故世。人们眼前再也没有出现令人信服的钩子般弯曲的食指，人们再也没有听见蛙鸣般刺耳的嗓音。一九二八年的光和灾难还久久地被全世界议论着、书写着，但后来弗拉基米尔·伊帕季耶维奇·佩尔西科夫教授的名字蒙上迷雾，很快消失，就像他在四月的夜晚发现的红光。重新获得这种光的努力始终没有成功，尽管衣着讲究的绅士，现在已是编内教授的彼得·斯捷潘诺维奇·伊凡诺夫偶尔做过几次尝试。第一台仪器被愤怒的人群在打死佩尔西科夫的那天夜里破坏殆尽。运往尼科尔斯克红光国营农场的三台仪器在空军大队和蛇群第一次交战中毁于大火，无法修复。不管两块透镜的组合多么简单，伊凡诺夫做了种种努力，也未能复制出这种光。显然除了知识，这还需要某种特殊本领。而世界上具备这种特殊本领的，唯有故世的教授弗拉基米尔·伊帕季耶维奇·佩尔西科夫。

1924 年

译后记

米哈伊尔·阿法纳西耶维奇·布尔加科夫（1891—1940），俄罗斯人，生于基辅神学院教授家庭。1909 年进入基辅大学医学系学习。1919 年底，放弃专业，转而从事文学创作。小说家。剧作家。除了现实主义小说，著有《恶魔记》（1924）、《不祥的蛋》（1924）、《狗心》（1925）、《大师和玛格丽特》（1929—1940）等四部奇幻神秘主义小说。

《不祥的蛋》是布尔加科夫早期的讽刺幻想小说，作者以非凡的想象力和深邃的洞察力，神秘地预测了未来。

小说作于 1924 年，文学丛刊《矿》1925 年第 6 期发表。小说情节荒诞离奇：浩浩荡荡的蛇群，一路肆虐，击败军队的围剿，险些毁了首都莫斯科。小说质疑“红光”，正是“红光”的照射，变形虫疯狂繁殖，变得畸形和凶恶。为在“红光”中争得一席之地，相互搏斗，残杀。“红光”本该是实验室研究对象，但功利、鲁莽，却又自信、无知的罗克，忽发异想，企图借助这种“生命之光”，迅速恢复被瘟疫毁灭的共和国养鸡业。克里姆林宫接受这一建议，全力支持。媒体的胡乱宣传，主管部门的大意和差错，相互叠加，导致“红光”催生的蟒蛇，在俄罗斯大地上制造了一场空前的灾难。

小说从发表到现在，过去了将近一百年。布尔加科夫在将近一百年前，以艺术家的正直、良知和敏锐，感受到社会生活中的弊病，予以讽刺和抨击，发出严重警告。小说再次证明，文学不仅是再现，它的最高品位应该是发现和思考。它应早于社会学和历史学，关注到社会进程中的负面现象。

2018 年 6 月